Hamlet oder Hekuba

Der Einbruch der Zeit in das Spiel

哈姆雷特还是赫库芭

时代侵入戏剧

[德] 卡尔·施米特 著

姜林静 译

东方出版中心

图书在版编目（CIP）数据

哈姆雷特还是赫库芭：时代侵入戏剧 /（德）卡尔·施米特著；姜林静译.
- 上海：东方出版中心, 2022.8
ISBN 978-7-5473-2022-8

Ⅰ.①哈… Ⅱ.①卡… ②姜… Ⅲ.①《哈姆雷特》-文学研究
Ⅳ.①I561.073

中国版本图书馆CIP数据核字（2022）第123075号

Hamlet oder Hekuba. Der Einbruch der Zeit in das Spiel
By Carl Schmitt
© 1956, 1985 Klett-Cotta – J.G. Cotta'sche Buchhandlung Nachfolger GmbH, Stuttgart
Vorwort für: Lilian Winstanley, "Hamlet, Sohn der Maria Stuart"
© 1952 Günther Neske – J.G. Cotta'sche Buchhandlung Nachfolger GmbH, Stuttgart
Simplified Chinese Translation copyright ©2022 by Orient Publishing Center.
ALL RIGHTS RESERVED.

上海市版权局著作权合同登记：图字09-2022-0243号

哈姆雷特还是赫库芭：时代侵入戏剧

著　　者	[德]卡尔·施米特	
译　　者	姜林静	
责任编辑	陈哲泓	
装帧设计	陈绿竞	

出版发行　东方出版中心有限公司
地　　址　上海市仙霞路345号
邮政编码　200336
电　　话　021-62417400
印刷者　上海万卷印刷股份有限公司

开　　本　890mm×1240mm 1/32
印　　张　5.5
字　　数　64千字
版　　次　2022年8月第1版
印　　次　2022年8月第1次印刷
定　　价　40.00元

为何伶人的眼中淌出热泪？

为了赫库芭！

赫库芭与他有何相关？

他又与赫库芭有何相关？

倘若他失我所失，将会怎样？

倘若他的父亲被杀，王冠被夺？

《哈姆雷特》第二幕第二场，1603 年版

目

录

绪　言*

＊ 本书的思考与成文都基于笔者于 1955 年 10 月 30 日应"桥社"邀请，在杜塞尔多夫州立市民大学进行的一次演讲。

以下的讨论围绕关于王后的禁忌与复仇者形象这两个主题。随后引出一个问题，即悲剧性事件究竟从何处获其本源，也就是悲剧的起源问题。我认为，唯有在历史现实中才能找到悲剧的源头。

　　我尝试用这种方法从《哈姆雷特》所处的具体环境出发去理解这部悲剧。首先我想介绍三本书，它们为我提供了颇具价值的信息和重要的观点，也能为莎士比亚爱好者和专家提供一些基本线索。这三本书分别是：丽莲·温斯坦莉（Lilian Winstanley）的《哈姆雷特与苏格兰王位继承》（*Hamlet and the Scottish Succession*）（剑桥大学出版社，1921 年），德译本名为《哈姆雷特，玛丽·斯图亚特之子》（*Hamlet，Sohn der Maria Stuart*）（君特·奈斯克出版社，Pfullingen/Württemberg）①；约翰·多弗·威尔森（John Dover Wilson）的《哈姆雷特中发生了什么》（*What happens in Hamlet*）（剑桥大学出版社，1935 年的首版，1951 年的第三版）②；瓦尔特·本雅明（Walter Benjamin）的《德意志悲悼剧的起源》（*Ursprung des deutschen Trauerspiels*）（恩斯特·罗沃特出版社，柏林，1928 年）③。

只要长期思考过莎士比亚的《哈姆雷特》及围绕它的众多阐释，就知道这是个深不可测的题目，就会发现，有许多踪迹都能将我们引入这个深渊，却鲜有能将我们引出来的。假如有人和我得出一样的结论，认为莎士比亚的哈姆雷特与历史上的詹姆士国王（即玛丽·斯特亚特之子）有关联，那就触犯了许多禁忌，

————————————

① ［译注］1952 年，施米特的独生女阿尼玛（Anima）将该书译成了德语。当时她在海德堡大学翻译学院学习，施米特不仅协助了女儿的翻译，还为德译本作序（参见本书所附的这篇序言），并附文向德译本读者推荐相关研究著作，介绍书中所引资料及该书的影响力。在随后几年里，他广泛阅读资料，并与各界莎士比亚专家通信交流，开启了自己的《哈姆雷特》研究。

② ［译注］约翰·多弗·威尔森是活跃于 20 世纪上半叶英国学界的莎士比亚专家，1935 年首版的《哈姆雷特中发生了什么》产生了巨大的影响，被翻译成多种语言，1959 年又出了修订版。施米特写作《哈姆雷特还是赫库芭》时，该修订版还未出版。

③ ［译注］《德意志悲悼剧的起源》是德国思想家瓦尔特·本雅明的教授资格论文，但因不符合传统的学术规范，并未被法兰克福大学接受。本雅明在撰写这部书时深受施米特《政治神学》的影响，还曾亲自致信施米特表示感谢和敬仰。

也不免遭遇误解。我将以一种简单的方式帮助读者理解我，我想引用一位著名英国作家的话，他这么说：

> 莎士比亚太伟大了，或许我们永远无法公允地评价他。但倘若我们无法公允地评价他，就至少应该时不时换一种方式去有失公允地对待他。①

T. S. 艾略特（T. S. Eliot）的这段话赋予我们一种美好的特权，但我只想在最紧急的情况下动用该特权。首先，我还是恳请读者们能先专心于哈姆雷特这一主题上。然而这或许已是不言而喻的，否则你也不会打开这本书并读到这篇绪言了。

卡尔·施米特

1956 年 1 月

---

① ［译注］引文出自 T. S. 艾略特 1927 年的文章《莎士比亚和塞涅卡的斯多葛主义》（*Shakespeare and the Stoicism of Seneca*）。艾略特在文中称，每一代人都试图以新的方式解读莎士比亚，即使有些方式会偏离真实，却也建立起一条推陈出新之路。在此之前的学者认为莎士比亚受到文艺复兴思想家如蒙田、马基雅维利的影响，而艾略特试图呈现一条新的进路：莎士比亚与斯多葛主义，尤其是与古罗马哲学家塞涅卡的关系。

导　论

戏剧《哈姆雷特》经历了无数的阐释。身着黑衣的忧郁王子最终成为人类问题的一种原型。他所具有的象征力塑造出一个真正的神话，保持着生生不息的变形。18 世纪"狂飙突进"时期的德国诗人，如莱辛、赫尔德、歌德，就已经开始从哈姆雷特中创造他们自己的神话。在歌德的诠释中，哈姆雷特变成了在重负下走向毁灭的维特。① 到了 19 世纪，人们又将消极行动的哈姆雷特视为积极行动的浮士德之反面典型，并将他奉为天才与疯癫的结合体。20 世纪前三十年，精神分析学派的鼻祖齐格蒙特·弗洛伊德（Sigmund

---

① ［译注］歌德小说《少年维特之烦恼》（*Die Leiden des jungen Werthers*）中的主人公维特与哈姆雷特一样，也是一位才华丰沛的青年，生命热情四溢却难脱缰绳。两人都因理性思考而痛苦犹豫。歌德早年创作《少年维特之烦恼》时深受莎士比亚的影响。可参考歌德 1825 年 12 月 25 日与艾克曼的谈话录。

Freud）断言，每个精神病患者不是俄狄浦斯就是哈姆雷特，就看其神经官能情结是与父亲还是与母亲相关联。①

过度的心理学阐释构建出一个没有出路的迷宫。正如最伟大的心理学家之一陀思妥耶夫斯基所言，心理学是根有两端的棍子，可以随意旋转②。第一次世界大战之后，在盎格鲁-撒克逊国家出现了严格的历史主义倾向，这可以被理解为对精神分析学派的一种反抗。这种历史主义倾向展现了莎士比亚戏剧作品中证据确凿的矛盾与缺陷，揭示了他与其文学前辈间的脉脉相通，以及他与当时社会之间的关联。于是，将莎士比亚的性格与他的艺术成就视为浑然一体的传统观点被彻底击碎。莎士比亚转而成了伊丽莎白时代专为伦敦观众写作的剧院作家。关于这一点，我们之后还会涉及。

然而，这种历史主义的客观化也并未终结日益更新的哈姆雷特诠释。直至今日，极其不同甚至截然相反

① ［译注］弗洛伊德在《梦的解析》（*Die Traumdeutung*）中分析了哈姆雷特的内心斗争和性格特点后断言，他性格中的所有矛盾踌躇和优柔寡断全都源于他不和谐的心理病态，来自幽暗的无意识，他无法向取代自己父亲占有了母亲的那个男人实施复仇，是因为这个男人的所作所为其实正是他内心深处被压抑的童年渴望，悲剧的发生完全私人化地归因于这种人格分裂。

② ［译注］这一经典的比喻出自陀思妥耶夫斯基最后一部小说《卡拉马佐夫兄弟》中辩护律师的演说。

的各种观点证明哈姆雷特依旧是个富有生命力的神话。我在此举两个例子来说明其永不枯竭的变化能力。德国著名作家格哈特·豪普特曼（Gerhart Hauptmann）于1935年发表了名为《哈姆雷特在维腾堡》（*Hamlet in Wittenberg*）的剧作①。这并非一部杰作，还停留在心理学维度，也包含不少令人尴尬的离题，我们从中可以读到20世纪上半叶的主观唯心论者如何试图将爱欲情结依附到哈姆雷特身上。虽然这部作品中透露着一些伤风败俗的浪漫主义元素，我们依旧可以嗅到它与历史之间的关联性。这部悲悼剧名为《哈姆雷特在维腾堡》，却力不胜任这一应该承载强大内涵的标题。即便如此，这个奇特的例证标志着哈姆雷特神话依旧举足轻重。②

---

① ［译注］格哈特·豪普特曼是德国自然主义最重要的代表作家之一，1912年获诺贝尔文学奖。他对《哈姆雷特》展现出特别的热情。1935年的剧作《哈姆雷特在维腾堡》可以说是一部《哈姆雷特》前传，描写了丹麦王子在马丁·路德进行宗教改革的中心地维腾堡度过的求学时代。此外，他还在1936年出版过一部自传性小说《召命的漩涡》（*Im Wirbel der Berufung*），原名《哈姆雷特之魂》。这部小说讲述了一个扮演哈姆雷特的演员为贵族演戏的经历，以及在此过程中体会到的哈姆雷特式的矛盾与挣扎。

② ［译注］莎士比亚在剧中设定了哈姆雷特的教育背景——这位丹麦王子在回到祖国参加父王的葬礼前，曾在德国的维腾堡大学求学，并渴望回到维腾堡继续深造。这一细节的确颇富深意：1517年10月31日，马丁·路德正是在这里将"九十五条论纲"贴在维腾堡城堡教堂的大门上，由此引发了撼天震地的宗教改革。而路德所代表的怀疑主义和批判精神中就暗藏着哈姆雷特与德意志民族间千丝万缕的联系。

第二个例子来自另一个国度，这次不是北国，而是来自南国。享誉世界的哲学家萨尔瓦多·德·马达里亚哥（Salvador de Madariaga）① 在 1948 年一本名为《论哈姆雷特》（*On Hamlet*）的书中，以惊世骇俗的新视角审视了莎士比亚的哈姆雷特。他将哈姆雷特解读为文艺复兴时期厚颜无耻的行动家、暴力人士，解读为切萨雷·波吉亚（Cesare Borgia）② 式的人物。虽然整本书充满了贴切的洞见和中肯的评述，我们依旧可以想象英国评论家是如何对其冷嘲热讽的，他们绝不会忘了补充说明，这样的阐释与其说是对伊丽莎白时代的理解，不如说是希特勒年代的产物。马达里亚哥将西班牙出身与盎格鲁-撒克逊教养融合于自己的精神中，这位重要的哲学家对哈姆雷特之谜作出如此令人瞠目结舌的新解，再次证明了哈姆雷特之深不可测。

　　此外，对哈姆雷特的诠释与其象征化过程也并未局限于人类个体的心理分析，整个民族都可以以哈姆

---

① ［译注］马达里亚哥是西班牙外交官、历史学家。他曾写过关于《堂吉诃德》和《哈姆雷特》的著作。在《论哈姆雷特》一书中，他将哈姆雷特描述为一位残忍又利己的野心家。

② ［译注］切萨雷·波吉亚是意大利文艺复兴时期的政治人物，是教宗亚历山大六世与其情妇之子。他是天主教教会史上第一位主动还俗请辞的神职人员，随即被册封为瓦伦提诺公爵，凭借非凡的军事才干、残暴的手腕和强硬的后台成为意大利中部的霸主。马基雅维利在《君主论》中对其赞誉有加。

雷特的形象出现。例如，19 世纪德国自由主义出版人博尔纳（Börne）和格尔维努斯（Gervinus）就将内部破碎分裂的德意志民族比作哈姆雷特。[①] 1848 年自由革命爆发前几年，诗人费迪南德·弗赖利格拉特（Ferdinand Freiligrath）就写过一首名为《哈姆雷特》（Hamlet）的诗，它是这样开始的：

> 德国是哈姆雷特！严肃又沉默
>
> 被埋葬的自由夜夜都
>
> 徘徊游走在他的城墙边，
>
> 向夜巡的守卫挥手。

德意志民族与优柔寡断、无法下决心行动的发梦者哈姆雷特之间的相似性，通过许多细节被详尽地勾勒出来：

> 他织了知识的乱麻一团，
>
> 最佳行动就是思考；

---

① ［译注］德国历史学家格尔维努斯在 1849 年通过分析哈姆雷特这个形象来叱责德国人长久以来对自身民族性中软弱面的粉饰。在他看来，德国人对屠弱凶恶的人性表现出特殊的敏感，却缺乏对生命的喜悦，因此必然如哈姆雷特一般企图遁入理想世界，逃避现实。

长时间在维腾堡，

不是教室就是酒馆。

迷宫越来越混沌不清。现在，我请求读者们花一个小时跟着我进入一个与心理学阐释完全不同的领域，同时不要拘泥于历史主义学派的方式与结论。心理学已走入穷途末路，纯粹的历史主义视角也将步其后尘而陷入另一个毫无出路的死巷子中，尤其是当我们困在19世纪的艺术哲学中时。我们必须重视心理学与历史主义的方法，但不可将它们视为哈姆雷特诠释的终极答案。

另一个问题的重要性则远超这两者，这就是悲剧性事件的本源问题。如果不对此作答，整个哈姆雷特问题的特殊性就依旧晦暗不明。只要思考一下欧洲精神自文艺复兴以降已在多大程度上经历了去魅，便会更觉惊奇，在欧洲、从欧洲精神核心中何以诞生出一个强健有力、受众人肯定的哈姆雷特神话。一部伊丽莎白时代末期的戏剧作品，究竟何以引起了一个奇特的欧洲现代神话？

让我们将目光先投向作品的情节本身，投向它的布局与结构。在古希腊剧作中被称为"假设"

（Hypothesis），在我们的学院美学中被叫作"主旨"（Fabel），而如今人们称其为"故事"（story）①。让我们把握住这部戏剧呈现给我们的实情，让我们这样发问：这部戏的情节是什么？这部戏的主人公哈姆雷特究竟是谁？

---

① 实事求是的"故事"虽然是批判性的，但听故事的人带着理解的意愿。我们从这样的故事中获得的启发比从论战式的分析或辩护式的语词索引中获得的更多，后者只是不遗余力地试图挽救某种美学理论或某个诗人的形象。劳拉·博阿南（Laura Bohannan）1954 年发表于《伦敦杂志》上的《阴谋诡计，意为巫术》（*Miching Mallecho，That means Witchcraft*）一文极具启发意义，文中描绘了她在一个非洲黑人部落讲述哈姆雷特故事的经历。听故事的黑人提了不少非常理性的问题，大部分甚至比著名法学家约瑟夫·科勒（Josef Kohler）在《法学讨论中的莎士比亚》（*Shakespeare vor dem Forum der Jurisprudenz*，1889）一书中向读者抛出的那些关于血亲复仇案的未经加工的法学史材料更具体、更精确（不过这本书还是有值得赞赏之处的）。

王后的禁忌

哈姆雷特的父亲是被谋杀的。被害后父亲的鬼魂出现，要求儿子替他报仇。由此引出了一个古老的复仇主题，一出复仇剧的典型开场。这一开场还包括哈姆雷特的母亲嫁给了凶手，而且是在她丈夫被杀后不到两个月，操之过急得让人不免心生疑窦。通过这场婚姻，母亲让谋杀与谋杀者都合法化了。

每个观众或听众都会关心的第一个问题就是：母亲是否参与谋杀。她是否知晓这起谋杀？她是否或许还策划了这起谋杀？她有没有参与其中？抑或在此之前，她虽然对谋杀计划一无所知，却已经与凶手发生了感情纠葛？或者像《理查三世》（*Richard III*）中的安夫人①那样，她只不过是女性诱惑力的牺牲品，是

---

① ［译注］在莎士比亚的历史剧《理查三世》中，安夫人是亨利六世之子爱德华的寡妻，后来被迫成为了葛罗斯特公爵（即后来的理查三世）（转下页）

凶手在谋杀后斩获的战利品？

母亲的罪责问题从作品一开始就凸显出来，并且在整部戏的发展过程中都未获得解决。一个想报杀父之仇的儿子，他的母亲却是谋杀者的现任妻子，他该如何是好？这个开场包含着传说、神话和悲剧中常出现的古老主题，而古老的答案也只提供了两种可能。一个深陷矛盾的儿子，一边是复仇的责任，一边是对母亲的依恋，他其实只有两条路可以走。一条路是古希腊神话和埃斯库罗斯悲剧中的俄瑞忒斯特之路：儿子将凶手与自己的母亲一并杀死[1]；另一条路就是北欧传说中的阿姆莱斯（Amleth）之路：儿子与母亲结成同盟，联手杀死凶手。莎士比亚熟知并借用了这个传说故事。[2]

这就是古希腊悲剧与北欧传说中的两个简单答案。我们至今也必须承认，只要严肃对待儿子的复仇责任，

（接上页）的妻子。理查三世杀害爱德华之后，用尽花言巧语骗娶了安夫人。这个不幸的女人虽然厌恶他，却终究沦为他的掌中玩物。最终，理查三世因嫉妒猜疑而处死了安夫人。

[1] ［译注］在埃斯库罗斯的悲剧三部曲《俄瑞忒斯特》（Orestes）的第一部《阿伽门农》（Agamemnon）中，王后克吕泰涅斯特拉被描绘为一个阴险奸诈的女人，她与情夫共同预谋了一切，在丈夫阿伽门农沐浴时亲自三剑刺死了他。因此，杀死母亲属于复仇计划中理所当然的一部分，俄瑞忒斯特在杀死母亲前从未犹豫过。

[2] ［译注］莎士比亚借用了 13 世纪丹麦王子阿姆莱斯的古老传说作为《哈姆雷特》的外部框架，这则故事出自丹麦历史学家格拉玛提库斯（Saxo Grammaticus）的《丹麦人事迹》（Gesta Donorum）。莎士比亚通过易位构词法将 Amleth 变成了 Hamlet。

并把母亲视为一个拥有完整人性的人，就不存在第三条路，母亲就不可能保持中立。但莎士比亚的《哈姆雷特》之所以与众不同、不可捉摸，就在于这出复仇剧的主角并未选取以上任何一条路。他既没有杀死母亲，也没有与她联合复仇。整出戏中，母亲是否参与到谋杀中的问题始终是模糊的。无论是出于情节发展的考虑，还是对复仇者的动机而言，弄清母亲是否有罪的问题都至关重要。正是这个自始至终都凸显出来的问题，这个从长远看无法被压制下去的问题，剧作家在整部戏中却小心翼翼地避开了它，没有给予观众明确的答案。

除了是否参与谋杀之外，王后的罪责问题还抛出了另外一些问题。尤其被频繁讨论的是，王后在第一任丈夫被害前与凶手之间的感情纠葛到底有多深。哈姆雷特提到"乱伦的婚床"，似乎暗示着王后在第一任丈夫去世前就已与凶手私通。约翰·多弗·威尔森在《哈姆雷特中发生了什么》里，用整整一章来讨论这个问题，最终得出结论，莎士比亚毋庸置疑地将王后的通奸当作这出戏剧的前提[1]。不过就连这一点也并非

---

[1] 见约翰·多弗·威尔森：《哈姆雷特中发生了什么》，第 39 页（王后乔特鲁德之罪），页 292（乔特鲁德的通奸罪）。

毫无争议。

为了弄清至关重要的问题——母亲是否参与了对父亲的谋杀，许多《哈姆雷特》研究者对作品中的所有影射和征兆进行了全面解读。每个词，每个动作，尤其是那场为揭发罪犯而进行的戏中戏，全都被放到显微镜下进行审视。甚至还有人将母亲视作真正的凶手。戏中戏里的伶后说："倘若第二个男人在床上吻我，我就再次杀害了我的丈夫。"（第三幕，第二场，183—184 行）在哈姆雷特与母亲在王后寝宫夜谈的那场（第三幕，第四场，27—30 行），当哈姆雷特向王后说出国王是被谋杀的，并刺死了躲在帐后的波洛涅斯后，王后大声疾呼："哦，多么鲁莽残暴的行为！"哈姆雷特回答道：

残暴的行为！好妈妈，简直就和杀死国王，并与王兄结合一样坏。

王后随即惊讶地重复："杀死国王！"哈姆雷特确认："是的，我正是这么说的"。这段奇怪对话中的"杀死国王"可以被理解为，哈姆雷特想杀死的原本是克劳迪斯国王，而不是躲在帐后的波洛涅斯。但也可以被解读为，哈姆雷特意思是他的母亲杀死了老国王，并与共犯结了婚。

我的朋友阿尔布莱希特·艾里希·君特（Albrecht Erich Günther）① 极力赞同王后才是真凶的观点。他在1942 年去世。法哲学家和法学史家约瑟夫·科勒（Josef Kohler）② 在《法学讨论中的莎士比亚》（*Shakespeare vor dem Forum der Jurisprudenz*）一书中也明确肯定了母亲必须共同承担罪责。而另一些人的观点截然相反，只要母亲的问题被提出，他们就否认母亲的一切罪责，否认她需要在谋杀中担同罪。但紧跟情节发展的普通观众并没有时间进行心理学、语文学或法学史的研究，因此这个关键问题依旧晦暗不明，所有研究不过加剧了或至少再次证实了这种晦暗。但每个编排这部作品的戏剧顾问或导演必须应对这个问题。他们可以暗示观众不同的，甚至相反的答案。因为根据母亲有罪或无罪的假定，剧中哈姆雷特的行为也截然不同。三百多年来，人们依旧无法在母亲有罪还是无罪的问题上达成一致，并且将来也不会。因为

---

① ［译注］艾里希·君特是保守派的出版人，与青年保守主义文学团体"士兵的国家社会主义"成员，如恩斯特·荣格尔关系密切。

② ［译注］约瑟夫·科勒是活跃于 19 世纪下半叶到 20 世纪初的一位德国法学家，他十分多产，著作涉及法学领域的各个方面，参见第 15 页注释①。

这里存在着一种虽然特殊却显然故意为之的遮掩。

莎士比亚的《哈姆雷特》有三个版本：1603年的四开本，1604/1605年的四开本和1623年的对开本[1]。根据1603年四开本的第四幕第六场可以断定，母亲也秘密参与了复仇计划，与儿子联合起来对付她的第二任丈夫。但这场戏在之后的两个版本中就消失了。无论如何，儿子的复仇都始于受到奇特限制的复仇任务。被害国王的鬼魂用令人毛骨悚然的方式描述了凶杀的过程与凶手——马达里亚哥认为这段恐怖的描绘像是耸人听闻的街头卖唱：鬼魂要儿子发誓为这起闻所未闻的卑鄙谋杀复仇，却突然补充要求他一定要保护母亲（第一幕，第五场，85—86行）：

不可对你的母亲有任何图谋不轨！

母亲最终应受到自己良心的谴责。多么奇特的复仇剧啊！当哈姆雷特之后在王后的寝宫（第三幕，第四场）义正词严地规劝母亲时，鬼魂又突然出现，再次嘱咐儿子必须完成复仇大任，并同时提醒他要对母

---

[1] 多弗·威尔森所称的第四文本，即德语剧本《被惩戒的杀兄者》（*Der Bestrafte Brudermord*），在此可以忽略不计。

亲温和一些。也就是说，母亲被小心翼翼地从复仇大任，即戏剧的核心中抽离了出来。

我们在此先将所有关于父权、母权的法学史诠释或关于恋父、恋母情结的精神分析放到一边。这些阐释只是利用作品来说明普遍的理论。如果不受预先设定好的概念的影响，只是让这部作品以具体的形态与现有的文本在观众身上引发效果，就很快会发现，有些东西被故意遮掩并回避了，或许是出于现实的顾虑，或许是出于剧情节奏的原因，或许是源自某种畏惧。换句话说，我们面对的是某个"禁忌"，作家出于对该禁忌的尊重，被迫避开母亲是否有罪的问题，虽然无论从道德角度还是戏剧角度，这个问题都属于复仇剧的核心。甚至在著名的戏中戏里（第三幕，第二场），当谋杀场面被准确地重现在凶手面前时，母亲都被排除在谋杀案之外（根据现存的文本是这样的）。这一设定不仅出人意料，而且基本上也显得极不自然。

我们无法说《哈姆雷特》的作者是出于谨慎或对女性的普遍的细腻情感，才回避了这个棘手问题。在女性问题上，莎士比亚总是直截了当，甚至常常近乎粗暴。他从未崇拜过什么女性，也绝不会羞于指名道姓地说出一个女人究竟是否有罪。他笔下的女性形象并非魏玛古典派的歌德笔下的雷奥诺拉公主或伊菲格涅娅①，也不是席勒笔下的蒂克拉或贝尔塔②。只需想一想《理查三世》中的女性，《李尔王》（*King Lear*）中的女性，麦克白夫人或者直接想一想《哈姆雷特》中的奥菲莉娅。哈姆雷特和母亲的对话中充满毒刺（见第三幕，第二场，第399行），因此她之所以受到特别的保护，绝无可能仅仅由于女性被当作敏感的造物。

为何恰好在哈姆雷特的母亲身上，在事关谋杀与复仇如何实施的问题上，至关重要的罪责问题被小心翼翼地回避了？为何剧作家也并未澄清王后是全然无罪的？假如剧作家并未受限于某些实际情况，而是可以彻底自由地创作，那么他只需告诉观众事实究竟如何。作者无法说清是否有罪的情况恰好证明了，此处存在某种具体的畏惧和顾虑，存在某种真正的禁忌。

---

① ［译注］雷奥诺拉公主是歌德早年创作的五幕戏剧《塔索》中的人物，是16世纪意大利诗人塔索爱慕的对象；伊菲格涅娅是歌德早年创作的舞台剧《陶里斯的伊菲格涅娅》中的人物，是阿伽门农与克吕泰涅斯特拉的女儿。
② ［译注］蒂克拉是席勒的诗剧三部曲《华伦斯坦》中的人物，是三十年战争时期民族统帅华伦斯坦的女儿；贝尔塔是席勒最后一部剧作《威廉·退尔》中的人物，是14世纪的一位贵族小姐。

悲剧由此获得了特殊性，而构成作品客观情节的复仇行为也因此失去了它在古希腊悲剧和北欧传说中的一般确定性。

我可以明确指出这一禁忌具体是什么。它涉及苏格兰女王玛丽·斯图亚特。她的丈夫，即詹姆士的父亲达恩利公爵（Henry Stuart，Lord Darnley），于1567年2月被伯斯威尔伯爵（Earl of Bothwell）以极其残忍方式杀害了。但同年5月，也就是凶杀案过后三个月不到，玛丽·斯图亚特就嫁给了这位杀害自己丈夫的伯斯威尔伯爵。此般仓促不仅有失礼节，而且的确让人心生怀疑。玛丽·斯图亚特在多大程度上参与了这起谋杀，甚至她本人是否就是谋杀案的策划者，这些疑团至今依旧备受争议、尚无定论。玛丽断言自己是彻底清白的，她的支持者，尤其是天主教徒们都确信这一点。而她的敌人，尤其是苏格兰和英格兰的新教徒们以及伊丽莎白女王的拥护者都坚称玛丽就是这起谋杀案的罪魁祸首。整个事件在苏格兰和英格兰是桩臭名昭著的丑闻。但为何它对于彼时《哈姆雷特》的作者而言会成为一个禁忌呢？要知道，这桩巨大的丑闻在数十年间一直是苏格兰和英格兰民众热衷讨论的话题。

莎士比亚的《哈姆雷特》诞生并首演的时间和地点为这一禁忌提供了确切的解释。那是 1600 年至 1603 年的伦敦。这是个特殊的时间点，年迈的伊丽莎白女王快要去世了，而她的继任者还尚未确定。对整个英格兰而言，这是时局紧张、充满不确定性的几年。这个时代本就处在普遍的不安定中——欧洲的天主教和新教阵营的矛盾引发内战、国家之间的战争、各式各样的宗教与政治迫害。英格兰更是额外担负着王位继承问题引发的难以承受的张力。彼时伊丽莎白女王已在位四十年，手握强大的政权，却还没有继承者。大家都在翘首盼望王位继任人的出现。没有人敢在公众场合讨论这件棘手的事情。曾有一个英格兰人因议论此事而遭受砍手处罚，只因为女王不愿听到丧钟。不过人们私底下自然都议论纷纷，不同的组织、党派各自支持不同的继任人。有些人寄希望于一个法国王子，另一些人指望某个西班牙人，还有人认为女王的亲戚阿拉贝拉·斯图亚特（Arabella Stuart）① 可能继位。甚至在 1618 年著名航海家沃尔特·雷利（Walter

---

① ［译注］阿拉贝拉·斯图亚特是亨利七世国王的曾曾孙女，她的父亲是詹姆士的父亲亨利·斯图亚特的弟弟。詹姆士继任后，她被软禁在家，她的丈夫被囚在监，两人试图逃离英格兰未果，最终被关入伦敦塔，并死在那里。

Raleigh)[①] 被判死刑时，罪名之一就是因为他反对詹姆士，而支持阿拉贝拉继位。

　　莎士比亚与他的剧团受到南安普顿伯爵（Earl of Southampton）与埃塞克斯伯爵（Earl of Essex）的庇护，他们都寄希望于玛丽·斯图亚特之子詹姆士继承王位。该团体当时受到伊丽莎白女王的政治迫害与压制。南安普顿伯爵是个天主教徒，他被判处死刑，但并未执行。埃塞克斯伯爵是女王早年的宠臣，甚至可能是情人，却于1601年2月25日被处死，其财产也被没收。[②] 莎士比亚的剧团不得不离开伦敦，在外省演出。《哈姆雷特》第二幕第二场中关于伶人的戏显然影射了这种处境。伊丽莎白于1603年3月23日去世。

　　詹姆士1603年登上王位后立即赦免了南安普顿伯爵，并将埃塞克斯伯爵被没收的财产归还给其遗孀。

---

① ［译注］沃尔特·雷利是伊丽莎白时代著名的英国冒险家，年轻时致力于开拓新大陆殖民地，曾被关入伦敦塔，后获女王赦免。此后率探险队去南美洲淘金失败，伊丽莎白死后，即被詹姆士国王以企图颠覆政权的罪名下在监狱里，1618年被处死。

② ［译注］在英国历史上，埃塞克斯伯爵作为伊丽莎白一世的宠臣和情人而闻名，两人的关系是爱情、欲望与权力之间的角逐。女王赐予年轻的埃塞克斯显赫的官位和众多特权，但年轻气盛的他却逐渐展现出骄傲自负，最终被剥夺了一切职务。埃塞克斯企图叛变失败后，于1601年被女王判处斩首，并且他的亲密挚友、莎士比亚剧团最重要的资助者和支持者南安普顿伯爵被捕，直到詹姆士一世登基之后才从囚塔中被释放，剧团也得以重获眷顾。南安普顿伯爵被认为是莎士比亚的同性爱人，即莎士比亚十四行诗中所称的"俊美青年"（fair youth）。

莎士比亚剧团终于又可以回到伦敦，并在宫廷中演出。莎士比亚与其他演员一起被任命为王室的宫廷侍从，获得"国王剧团"以及"张伯伦勋爵剧团"的称谓。

在 1600 年至 1603 年这个关键时期，莎士比亚戏剧活动所依赖的这个团体将全部希望寄托在玛丽·斯图亚特之子詹姆士身上。他也确实在 1603 年成为伊丽莎白的继承人登上了英格兰的王位，后者是十六年前处死他母亲的人。詹姆士为了不危及自己的继位权，一直十分圆滑谨慎地处理与伊丽莎白的关系。尽管如此，他从未否定自己的母亲玛丽·斯图亚特，他不仅纪念死去的母亲，也不允许别人怀疑或指责她。在 1599 年撰写的《国王的天赋能力》（*Basilikon Doron*）一书中，他还以庄重感人的方式告诫自己的儿子永远缅怀纪念这位女王。

由此便产生了前文所说的对创作《哈姆雷特》这部悲剧的作者而言的禁忌。为了顾及玛丽·斯图亚特之子詹姆士，即当时所期待的王位继承人，莎士比亚无法确定母亲杀夫之罪。可另一方面，《哈姆雷特》的观众，以及当时信奉新教的英格兰，尤其是伦敦的民众，都确信玛丽·斯图亚特是有罪的。为了顾及英格兰的观众，莎士比亚更不可能设定剧中王后是无罪的。

因此母亲的罪责问题就被小心翼翼地回避了。剧情的发展也由此受阻，变得不明朗。可怕的历史现实穿透舞台戏剧演员的面具和服饰，折射出微光。无论多么犀利的语文学、哲学或美学诠释都无法改变这一点。

复仇者的形象

王后的禁忌是历史现实对《哈姆雷特》的一次侵入。除了这个禁忌之外还有一个更强烈的侵入，这就是复仇者形象向一个因思考而变得无法行动的忧郁者的转变。这出复仇剧的主人公，即这位复仇者本身也因此变得让人迷惑不解，以至于关于其性格和行动迄今尚无定论。莎士比亚也从未解释过哈姆雷特缘何奇特地"不行动"①。这位主人公的性格充满矛盾，对此出现了无数的诠释与猜想，却没有确定的答案。

　　于是有人得出这样的结论：哈姆雷特不过是个带着假面的舞台形象，而非历史人物。持此观点的莎士比亚研究者确信，这只是一部戏剧作品，而不是别的什么。但恰恰也是这些人认定哈姆雷特的性格并非天

———————————————————

① 参见约翰·多弗·威尔森，《哈姆雷特中发生了什么》，页204；众所周知，莎士比亚从未给出过任何关于哈姆雷特为何不行动的解释。

马行空、飘忽不定。罗伯特·布里吉斯（Robert Bridges）① 说：假如莎士比亚本人并未刻意让读者产生怀疑，那么哈姆雷特究竟是精神错乱还是装疯做痴怎么可能成为一个巨大的问题？伟大的抒情诗人济慈认为莎士比亚是出于直觉才不去解决这个问题。约翰·多弗·威尔森引用了布里吉斯与济慈，并以"哈姆雷特的伪装"为关键词加以论述，最后得出结论：刻意为之也好，出于直觉也罢，其结果便是哈姆雷特的飘忽不定，而这恰恰是作品无与伦比之处。艾略特在关于《哈姆雷特》的著名文章中写道："《哈姆雷特》中充满了并未拨云见日的素材，要不就是作者无法充分把握这些素材，要不就是它们从艺术上来说无法彻底成型。"②

究竟是作者"无法"拨云见日，还是他出于某种顾虑刻意或本能地"不愿"拨云见日，这是另一个问题。毋庸置疑的是，有些东西鉴于某种原因而保持敞开状态。上文提到的三位莎士比亚权威，艾略特、布里吉斯和威尔森，都过多地将目光放在诗人的主体性

---

① ［译注］罗伯特·布里吉斯，1913 年至 1930 年之间的英国桂冠诗人，他的诗带有很强的基督教信仰色彩。
② 参见约翰·多弗·威尔森，《哈姆雷特中发生了什么》，页 221。

上，而太少关注戏剧诞生时的客观情况。在我们这个问题上，就诗人的主体性进行猜测所能获得的结论寥寥无几，与围绕哈姆雷特是否疯了的讨论或关于其性格的无数设想一样收效甚微。事实上，只要观察现有的文本内容，思考作者创作时的具体环境，事情的真相就会变得清晰：和王后的禁忌问题一样，一部分的历史现实刺入这部戏剧作品中，共同参与塑造哈姆雷特的形象。对于莎士比亚、他的赞助人、他的剧团演员以及彼时的观众而言，一个已然存在的时代历史人物确确实实地侵入这部作品中。换句话说：哈姆雷特这一舞台形象并非完全从"假面"中产生。无论是刻意为之抑或出于直觉，作品诞生环境中的历史事件与人物被带入戏中，哈姆雷特这一舞台形象背后还藏着另一个人物。彼时的观众在看到舞台上的哈姆雷特时，也看到了这一隐藏人物。否则，莎士比亚作品中最冗长最艰深的《哈姆雷特》也不可能成为当时最受欢迎的戏。事实上，只要今天的我们没有被某种艺术哲学的教条束缚住双眼，就依旧能辨认出这个隐藏的人物。

莎士比亚的《哈姆雷特》被设计为一场复仇剧。然而主人公，也就是最关键的复仇者形象，却被剧作家本人以某种难以置信的方式问题化了。有理由认为，这个奇特的复仇者之所以闻名遐迩，并不是作为一个复仇者，恰恰相反，而是作为一个对复仇任务充满怀疑、举棋不定、问题重重的主人公。唯有通过复仇者形象的问题化，莎士比亚的这部戏剧才成为如今呈现在我们面前的有别于典型复仇剧的奇作。复仇者的反思阻碍了复仇的任务和动力，而反思的内容并不局限于顺利实施复仇的手段和方法，复仇本身就成为一个伦理的、戏剧性的问题。复仇剧的主人公，即作为戏剧人物的复仇者、行动者，经历着自身性格与个人动机的转变。我们可以称其为"复仇者的哈姆雷特化"。

在两段长篇独白中，哈姆雷特都在围绕复仇的自我谴责中抨击自己。被杀父亲的鬼魂第二次出现，为了"磨砺你的快要蹉跎下去的决心"（第三幕，第四场）。在直到第三幕中间的作品前半部分，这个独特的复仇者在执行复仇任务上几乎一事无成，除了策划了一场戏作为"捕鼠器"，为的是向自己证实被杀父亲的鬼魂并非来自地狱的魔鬼（第二幕，第二场，602—603行），关于这场著名的戏中戏，我在后文中还会详述。北欧传说中的阿姆莱斯不需要鬼魂出现来要求他复仇，北欧的阿姆莱斯哪怕片刻也未怀疑过自己。他虽然也像莎士比亚的哈姆雷特那样装疯，但与后者截然相反，他绝不迟疑，是个目标明确的实际行动家。北欧传说中的阿姆莱斯是天生的复仇者，是听从复仇本能的真正猛士。正如丽莲·温斯坦莉恰如其分的表达：复仇剧的主人公被描绘为因不断反思而犹豫不决的哈姆雷特，恰好是现代意义上的破碎者形象，这的确是个悖论。只有通过 1600 年至 1603 年的历史境况，通过这一时代的核心人物詹姆士国王，才能理解传统复仇者形象为何发生了如此惊人的改变，理解这出复仇剧主人公性格的转化与断裂，为何个人反思会让人物突然变得软弱。

我不认为莎士比亚的哈姆雷特就是詹姆士国王的翻版。这种拷贝不但不具备艺术价值，在政治上也不可行。从时代历史背景出发来审视《哈姆雷特》，就会发现它与莎士比亚的其他作品一样，都包含许多历史和政治内涵，而此前的莎士比亚研究对此已多有涉及。但为了更理智地诠释作品，我们有必要把时代历史带来的影响划分成不同的等级和种类，不然就可能将数不胜数的弦外之音与对历史的根本性理解混淆在同一等级中。毋庸置疑，莎士比亚作品中涵盖了成百上千的影射和暗示，其中许多已不太能被今天的我们理解，也无须被理解。作者偶尔会随意影射时代历史上的某些事件和人物,透露一些相关思考,当时的观众马上就能理解,但没过几年就不再有人予以关注了。

我将此称为纯粹的"影射",在不胜枚举的该类情况中,我选取《哈姆雷特》中的三个例子来使我的观点更形象化。其中一例很有名,另两例没那么出名。第四幕第四场(18—20行)影射了奥斯坦德的沙丘地带。1601年,英格兰人勇敢对抗西班牙人,保卫了奥斯坦德。[①] 只有当时的英格兰观众才能理解这种影射。另一个不太著名的例子是,第一幕中哈姆雷特与雷欧提斯的对话中出现了对1603年7月詹姆士一世加冕的影射,雷欧提斯提到自己从法国回到宫廷参加克劳迪斯国王的加冕仪式(第一幕,第二场,54行)。第二四开本里才提到了在第一四开本里并未出现的加冕,这就证明了它与1603年7月的加冕之间有实际关联。第三例则恰好相反,剧本中有一处出于现实原因被删除了:"生存还是死亡"的独白中(第三幕,第一场,56—58行),哈姆雷特列举了一系列自杀的理由。在第一四开本中还存在一个自寻短见的动机:荒淫暴政;

---

① [译注] 指在英西战争中,西班牙军队在1601年包围了最初由荷兰控制的奥斯坦德城堡,但英国和荷兰联军加强了工事,暂时成功保卫了奥斯坦德。不过,奥斯坦德最终还是于1604年被西班牙占领。奥斯坦德的周围布满了沼泽、湖泊,通向奥斯坦德的唯一道路就是一片穿越海滩的沙丘。

但到第二四开本之后就没有了，原因是詹姆士在这一点上尤其敏感。

这一类的影射有其随意性，其中大部分如今只具文学史意义了。第二类产生的影响与第一类不同，可以称其为真实的"镜像"。在这一类别中，时代历史事件或历史人物如同走入镜中一般进入剧中，确立剧中某一形象的基本线条与色彩。对于我们所讨论的主题而言，一个重要的例子就是埃塞克斯伯爵的性格与命运对塑造哈姆雷特形象产生的影响。哈姆雷特临死前与霍拉旭的告别辞（第五幕，第二场，357—358行）正是埃塞克斯伯爵在断头台上说的话，自马龙（Malone）① 的研究后就常常被提及。约翰·多弗·威尔森显然很清楚这一点，他在《基础莎士比亚》（*Essential Shakespeare*）一书中甚至认为，凭借埃塞克斯伯爵的忧郁性格以及其他一些特征，他应该就是哈姆雷特的原型，倘若哈姆雷特的确参照了某个原型的话。威尔森在他编辑出版的《哈姆雷特》（剑桥大学出版社，1934 年）中，甚至加入了一张埃塞克斯伯爵

---

① ［译注］指爱尔兰莎士比亚学者埃德蒙·马龙（Edmond Malone）。他编辑评注的十卷本《莎士比亚戏剧与诗歌全集》于 1790 年在伦敦出版，该版本校勘精准。

1594 年的肖像画。

我认为，埃塞克斯伯爵的形象与他的命运无疑对这部作品产生了极其深刻的影响，尤其体现在凶手被揭发后的戏剧的后半部分。这部分与其说是复仇剧，不如说是哈姆雷特与克劳迪斯国王之间的殊死肉搏。在关于哈姆雷特之死的部分，詹姆士国王显然无法作为原型，而埃塞克斯被捕和处死的细节在当时却如此真实，让莎士比亚所属的剧团胆战心惊，深受打击。因此，埃塞克斯伯爵的性格特征与他的命运就被编织进了这个整体上由詹姆士国王的形象所决定的形象中。这对于一部舞台戏剧来说并无不自然之处，因为正如埃贡·维尔塔（Egon Vietta）① 所说，这类舞台作品构成了某种"梦境框架"。宛若梦境中的人与现实彼此交融，舞台上的图像与人物、事件与情景也如梦如幻地交织在一起。作品的最后又出现了第一等级的影射，不是镜像映照，而只是含沙射影。濒死的哈姆雷特指认福丁布拉斯为王位继承人，将遗言托付于他（第五幕，第二场，354 行）。这段显然也属于政治暗示，它在 1603 年詹姆士登基前像是一种呼声，而在他登基后

---

① ［译注］埃贡·维尔塔是 20 世纪的德国作家，他的作品深受海德格尔存在主义哲学的影响。

又成为效忠詹姆士的宣言，彼时的观众也确实是这样理解这段话的。

除了暂时的影射和真实的镜像之外，时代历史对作品还有第三种最高等级的影响。这就是决定了作品结构的真正的"侵入"。这类例子不可能是随意的、日常的，它们产生的效果却更强烈、更深远。这就包括了玛丽·斯图亚特是否参与谋杀詹姆士父亲的疑案，以及复仇者形象因詹姆士国王而发生的改变。正是这两点赋予这部作品有别于一般复仇剧的特殊个性。

虽然埃塞克斯伯爵的生与死深深影响了这部作品，但我们依旧无法说有两个哈姆雷特：前半部分的"哈姆雷特—詹姆士"与后半部分的"哈姆雷特—埃塞克斯"。真正的侵入比单纯的镜像（虽然也是真实的）产生的影响要大得多。整体而言，《哈姆雷特》在情节设定上依旧是一出复仇剧，父亲被杀害，母亲嫁给凶手依旧是作品的基础。因此，哈姆雷特—詹姆士才是主要形象，关于复仇者形象的问题就源自玛丽·斯图亚特之子所处的时代历史现实。进行哲学和神学思考的詹姆士国王代表了他所处时代的整体矛盾：这是信仰分裂与宗教内战的世纪。从埃塞克斯伯爵的命运与性格中无法解释人物发生的某些转变。只有从詹姆士国王身上，才能找到将哈姆雷特与传统复仇者形象区分开的特质，简言之，就是找到对复仇者形象哈姆雷特化的充分解释。时代历史的现实与悲剧之间的关系也由此显露出来。

詹姆士出生于命运多舛的斯图亚特家族，比其他名门更深陷于欧洲信仰分裂的命运中。詹姆士的父亲被杀害，他的母亲嫁给凶手，母亲最终被处死，詹姆士的儿子查理一世同样死于断头台，他的孙子被夺取王位，在流亡中去世①。斯图加特家族的十七位继承人中有两人上了断头台，只有八人活过了五十岁②。詹姆士就是这八人之一，也是少数几个在王位上寿终正寝的斯图亚特。但他的人生依旧是破碎的、受迫的。还是一岁半的孩子时，他就登上了王位，各个党派都企图掌控他。他遭过打劫和绑架，被捕又身陷囹圄，也曾经历九死一生。在童年和少年时期，他常常不得不整宿穿戴整齐，以便随时出逃。他受天主教洗礼，被人从母亲身边带走后，母亲的敌人们却以新教

① ［译注］指 1685 年至 1688 年在位的詹姆士二世。他在 1688 年的光荣革命中被剥夺了王位，退位后获得路易十四的保护，流亡法国，最后病死在法国。
② 参见伊娃·斯各特，《斯图亚特家族》（*Die Stuarts*）（德译本），慕尼黑，1935 年，页 20。

方式教育他。他的母亲玛丽·斯图亚特因拥护罗马天主教信仰而死。詹姆士为了不失去苏格兰王位，不得不与新教徒联手。他必须获得母亲的死敌伊丽莎白女王的青睐，才能登上英格兰的王位。他实在就是从母体直接被抛入时代的分裂中。因此他如此揣奸把猾、口是心非，如此擅于欺骗敌人也就不足为奇了。有时他又会展现出令人难以置信的勇气，并会施行暴力突袭。

一个诞生于不幸家族的不幸的儿子，夹在笃信天主教的母亲与她的信奉新教的敌人之间，诡计多端的宫廷与争权好斗的贵族集团之间。他是一株在夸夸其谈的神职人员与狂热的传道士之间费力地表达自我的幼苗。他热爱阅读和写作，热衷于进行机智的对话，喜欢思想深邃的表达。在那个充盈着神学冲突与辩论的时代，他是个著名的作家与辩论家。在 1597 年发表的《恶魔学》（*Daemonologie*）一书中，他探讨了鬼魂显现的问题，与此后莎翁笔下的哈姆雷特如出一辙。哈姆雷特之所以开始怀疑和踌躇，就是源自那个使他失去行动力的问题：向他显现的父亲的鬼魂究竟是不是来自地狱的魔鬼？只有在彼时天主教与新教间关于恶魔观的对峙中，这个问题才具有实际意义。① 詹姆士在诸多文章与论战中都竭力维护君王的神圣权利，这一观点也不断出现在莎士比亚的戏剧作品中，尤其是在《哈姆雷特》中。② 围绕君王的神圣权利问题，詹姆士曾与两位著名的耶稣会士，枢机主教罗伯·白敏③（Roberto Bellarmino）以及新托马斯主义的系统神学家弗朗西斯科·苏亚雷斯④（Francisco Suárez），进行过一场旷世辩论。这两人的思想都比詹姆士更具现代性，最终自然徒劳无果。君王的神权本就关乎詹姆

① 参见约翰·多弗·威尔森，《哈姆雷特中发生了什么》，页 62。威尔森特别详尽地描述了关于鬼魂与鬼魂显现的三种不同理解。在彼时的英格兰有一种天主教式的理解，认为显现的鬼魂来自炼狱；还有一种新教式样的理解，认为显现的鬼魂大多来自地狱，是魔鬼的一种伪装；还有一种启蒙主义的怀疑论观点，主要出现在雷吉纳德·斯科特（Reginald Scot）1584 年出版的著作中，该书后来根据詹姆士的指示被焚毁。哈姆雷特在第一幕中表现出的犹豫踌躇，主要以詹姆士所代表的新教式理解为基础。第一幕中的鬼魂是真实的，绝不仅仅是由于气质的单纯幻象。在这个剧情的关键开端处，哈姆雷特与詹姆士的关联显而易见。我不知道为什么多弗·威尔森并未提及这一点。是否在这里也存在什么禁忌呢？

② 权威的美国宪法学家查尔斯·霍华德·麦克伊尔文（Charles Howard McIlwain）在 1918 年将《詹姆士一世的政治著作》（*Political Works of James I*）作为"哈佛政治经典系列"的第一卷出版，并附上一篇十分重要的导论。我还要感谢丽莲·温斯坦莉小姐提供了一篇还未出版的关于莎士比亚《暴风雨》的论文，我参考了其中关于莎士比亚"君权神授"主题的一些新的重要资料。

③ ［译注］罗伯·白敏是文艺复兴时期的一位天主教神学家，枢机主教，曾在罗马的耶稣会学院教授神学，是反宗教改革的代表人物之一。

④ ［译注］弗朗西斯科·苏亚雷斯是文艺复兴时期的西班牙耶稣会神父，哲学家，神学家，萨拉曼卡学派的代表人物，也被认为是继托马斯·阿奎纳之后最重要的经院哲学家之一。

士的存在，对于他而言，这意味着血缘带来的神圣权利，只有合法继承王位者才拥有这种特权，而非篡位者。詹姆士的理论与他的生存状态相符，虽然他的存在本身是破碎的，但他的意识却并未被削弱或出现漏洞①。

尽管如此，他的意识形态却处于无可救药的状态。天主教徒和新教徒、耶稣会士、加尔文派和清教徒，尤其是危险的启蒙主义者摧毁了他，不仅是他的理论，还有他的形象。在其政治敌人的宣传中，他被刻画为一个不讨人喜欢的、半疯半癫的空想家，顶着可笑的大肚子，双腿瘦削，眼球凸出，还淌着口水。虽然他也找到了一些聪明人替他辩护，其中值得一提的是艾萨克·迪斯雷利（Isaac D'Israeli），也就是那个著名的本杰明·迪斯雷利②（Benjamin D'Israeli）的父亲。他证实了这类描述属于政治讽刺，并称倘若詹姆士获得了巨大的成功，那他即使作为一名作家也能像腓特烈大帝那样受人尊敬。可迄今为止依旧是不利的形象占据了上风。就在不久前（1952 年）由基尔的历史学家

① 黑格尔在耶拿时代的哲学笔记中这样写道："打补丁的袜子总比破了的袜子好，但涉及自我意识可就不是这么回事了。"（见约翰内斯·霍夫迈斯特编辑出版的黑格尔发展史资料集，斯图加特，1936 年，页 370）
② ［译注］本杰明·迪斯雷利是英国保守党政治家，曾两次担任英国首相。

米夏埃尔·弗洛恩特（Michael Freund）撰写的英国革命史中，詹姆士依旧是一副怪人扮相。但弗洛恩特也必须承认，这位不幸的斯图亚特尽管意志薄弱，却比大部分同时代人更能洞明世事。

被歪曲了的国王形象严重阻碍了我们去认识詹姆士与哈姆雷特之间的关联，也吓跑了大部分的莎士比亚研究者。[①] 但要理解传统复仇者形象的转变，唯有从詹姆士国王所处的历史现实中找到解释。在那个信仰分裂的时代，整个世界和世界历史都失去了确定的形式，人性的问题就更凸显出来，以纯粹美学思考方式无法塑造出复仇剧的主人公。历史现实强于任何一种美学，也强于最天才的个体。这位国王的命运与性格本身就是那个破碎时代的产物，他就活灵活现地出现在悲剧作家的个人存在之中。莎士比亚与他的朋友们当时都寄希望于詹姆士能继承王位，在充满灾难与危机的绝望时刻，詹姆士是他们仅存的希望与梦想。威尔森说得很对，随着 1601 年 2 月 25 日埃塞克斯伯

[①] 多弗·威尔森在《基础莎士比亚》第六章中显然也是这样。结果，这位英国莎士比亚专家就得出了这样的结论："离开戏剧就不存在哈姆雷特。"（见他辑注的《哈姆雷特》导言）这正是问题之所在。我们在接下来关于悲剧性之起源的章节将提出反驳论点。我们将区分戏剧与悲剧，清除浪漫主义美学的偏见，这种美学企图用济慈—华兹华斯式的一刀切，将莎士比亚变成某种天才式的高贵的席卡内德（18 世纪德国剧作家，剧院经理）。

爵被处死，伊丽莎白时代也没落了，莎士比亚原本美好的生存环境也随着消亡。詹姆士让诗人与演员的希望落了空，于是希望与梦想就进入了这部天才式的剧作中，哈姆雷特的形象走入了世界与历史，开启了一个神话。

悲剧性的起源

一旦认识到时代历史对戏剧的这两次"侵入"——其一是关于王后的罪责问题，其二是复仇者的形象问题，我们就会遇见最后也是最难的一个问题：审度艺术作品时究竟是否可以包含历史讨论？使悲剧获得生命力的悲剧性事件从何而来？在此意义上归结为悲剧性的起源问题。

　　这大体上是个让人几乎灰心丧气的问题。困难首先是技术性的：各种专业和学科都以极端的方式精细分工，文学史研究者与政治历史学家利用的是不同的文献、不同的视角。莎士比亚与他的哈姆雷特属于文学史研究者的专业范畴，而玛丽·斯图亚特与詹姆士则交由政治历史学家负责。于是，哈姆雷特与詹姆士就很难找到彼此，他们之间横着难以逾越的鸿沟。文学史研究者认为，戏剧的起源就是文学的根源，例如莎士比亚参考的某个前人或某本书，对于《裘力斯·恺撒》而言就是普鲁塔克（Plutarch），对于《哈姆雷特》而言就是16世纪对格拉玛提库斯的北欧传说进行的文学改编。

另一重困难源自一种至今依旧十分普遍的艺术哲学和美学观。我们在此不去讨论它与学科分殊之间的关联性。总之，艺术哲学家与美学理论家趋向于将艺术作品视为一种自我封闭的、与历史及社会现实脱离的、独立自主的创作，只能从艺术作品自身出发去理解它。对于持此观点者而言，将一部伟大的艺术作品与其诞生时代的政治现实联系起来，就混淆了纯粹审美意义上的美，也减损了艺术形式本身的价值。他们由此主张，悲剧性源自诗人彻底自主的创造力。

我们在此遭遇的是严重的分歧与根本的决裂，是两种对立的思考方式之间的壁垒与屏障。扩张自己的价值体系，只承认己方的通行证与凭据，只准许己方通行，却不允许对方进入或通行。让我们尝试在思考莎士比亚的《哈姆雷特》时避免这种危险的分裂，寻找一条更好的路径。我们必须保持警惕，因为在德国教育传统中根深蒂固的某些观念会加剧这种困难。

诗人的创作自由

在德国，人们习惯将诗人视为天才，认为诗人能随心所欲地进行创作。18 世纪德国狂飙突进运动倡导天才崇拜，而莎士比亚的所谓诗性独断恰恰成为德国艺术哲学的信条。诗人的创作自由也因此成了艺术自由的守护神像，成为个人主体性的大本营。一个艺术家的天赋难道就不会驱使他艺术性地运用自己或他人的经历、书本上的内容或报纸上的新闻？他按己所愿地吸收，并将吸收的素材转送到另一个全然不同的美的国度中去，历史与社会问题在那个国度成了低级趣味，显得格格不入。古典诗学称之为"诗的特权"，我们在德语中将其译为"诗性自由"，用这个概念表达天才诗人的自主性。

除外，我们的美学概念总体上更多由抒情诗，而非戏剧决定。谈论到诗艺时，我们一般会想到某首抒情诗，而非一部戏剧作品。然而抒情诗和诗性体验之间的关系，与悲剧和其神话或时代历史来源之间的关系截然不同。抒情诗在此意义上完全没有来源，只有主观体验作为动机。当代最伟大，也是最注重形式的诗人斯蒂芬·格奥尔格①（Stefan George）曾这样总结：体验通过艺术经历了一场变形，它对于艺术家自己变得无足轻重，而任何其他人如果知晓了诗人的体验，不但不觉醍醐灌顶，反而更感迷惑不解。格奥尔格的这番话应该适用于抒情诗，可以用以反驳将歌德情诗匹配歌德情史的迂腐学究。虽然创作自由的确赋予抒情诗人在面对现实时一定的自由空间，却并不适用于诗性创作的其他类型和形式。这种创作自由符合抒情诗人的主体性，另一种则符合史诗诗人的客观性，剧作家则又另当别论。

在德国，古典主义作家成为戏剧家形象的典范。不过我们那些伟大的戏剧诗人，莱辛、歌德、席勒、格里尔帕策、黑贝尔，他们创作的戏剧作品是要印刷成书。他们都是居家型文学工作者，或坐在书桌前，或站在斜面缮经桌前，最终将书稿交出版商付梓，换取稿酬。"居家型工作者"一词并无轻蔑之义，它精确描述了一种对于我们的问题来说特别重要的社会现实，在我们的上下文中是不可或缺的。因为莎士比亚的作

---

① ［译注］斯蒂芬·格奥尔格是 19 世纪末 20 世纪初最受尊重的德语诗人，也是一位重要的翻译家，是但丁、莎士比亚和波德莱尔等人的德译者。以他为核心的"格奥尔格文化圈"包含了当时最重要的一些文学家、思想家，影响深远。

品是以完全不同的方式创作出来的。莎士比亚不是为后世写作，而是为实存的伦敦观众。事实上甚至不能说他是在写作，因为他不过是为某些具体受众撰写作品。没有一部莎剧是写给可能在看戏前就读过剧本或从印刷物上了解作品的观众的。

德国教育传统所特有的关于艺术、艺术作品、戏剧和剧作家的设想，都阻碍了我们以不带偏见的目光来审视莎翁与他的作品。让我们先搁置起关于莎士比亚这个人的争论。有一点很明确：他不是完成最终要付梓成书的戏剧的居家型文学工作者，他的作品与当时的伦敦宫廷、伦敦观众、伦敦演员有着最直接的联系。在作品中有意或无意勾连时代历史事件和人物是最自然不过的，无论是纯粹的影射还是真实的镜像。这在政治局势紧张动荡的年代是不可避免的。我们在今天的现实中也能找到这种借古喻今的情形，例如涉及1954/1955年间的时代历史素材时，我们常常看到这样一段套话："本作品中的所有人物和事件纯属虚构，如与近年出现的人物和事件有所雷同，纯属巧合。"

我请求读者不要硬给我扣上这样的帽子，说我将莎士比亚的《哈姆雷特》与当今批量生产的电影和时代剧放在同一层面相提并论。但它们与时事政治间关联的相似性的确颇具启发意义。我想，如果有必要，莎士比亚也一定不会顾忌为他的戏剧添上这样的套话作为开场白。

这一切的意义并非只局限于针对戏剧诗人的心理学和社会学研究，它也关乎对戏剧的理解，关乎悲剧性事件的起源问题。戏剧诗人自由创作的界限在此一目了然。一个剧作家，假如他必须直接在熟悉的观众面前演出自己的作品，他与他的观众之间就不仅仅存在心理学和社会学意义上的相互作用，而是共处在一个将他们全部裹挟其中的公众体之中。在观众席聚集的观众通过他们的在场就构成了这样一个公众体，其中包括委托人（作为企业家的剧团主）、诗人、导演、演员以及观众，每个人都与其息息相关。必须让在场的观众理解戏剧情节，如果观众跟不上情节，这个公众体就会解体，这出戏就会止于一场剧院丑闻。

正是在这样一个公众体中，戏剧诗人的创作自由才会有局限性。戏剧诗人被迫遵守限制，如果舞台上发生的事与观众的知识和期待相差太远，如果舞台上发生的事对观众来说无法理解、毫无意义，他们就不会跟着整部戏的步伐看下去。观众的知识对于戏剧是一个关键因素。即便是剧作家编织进作品中的梦，也得让观众一同做这个梦才行，利用浓缩或挪用近期发生的事件。抒情诗人的创作自由是一回事，史诗诗人和小说家的创作自由又是另一回事。但戏剧诗人的主体性和臆造欲却存在明确的界限，这就是在场观看演出的观众的知识，以及由他们的在场而产生的公众体。①

虽然莎士比亚在处理文学源泉时的确展现出某种自由，但我们不能被这表面上不受束缚的自由所蒙蔽。事实上，自由的程度很大，他利用这些源泉时的随意性可能导致别人为他贴上"最内在的反历史主义者"②的标签。但莎士比亚在面对文学源泉时展现出的这种几乎沦为随意的自由，几乎是其另一面的彻底反极：他与具体存在的伦敦观众、这些观众对时事的知识之间存在的捆绑更加紧密。对历史剧而言，观众对过去的历史需要有一定的了解；但是在与时事相关的戏剧中，对观众的知识的启用就完全不同了。在历

① 一位经验丰富的出版家理查德·屯格尔（Richard Tüngel）认为这是"戏剧效果的关键，观众比演员更能理解舞台上发生的或即将发生的事。可以说，让观众的认识超出演员在舞台上所做的，是戏剧艺术所拥有的最杰出手段之一。莎士比亚在许多戏剧和喜剧中都运用了这种手段。很可能《哈姆雷特》的历史性表现，它与苏格兰悲剧性历史之间的关联也能以类似的方式在当时的观众身上产生效果。"（《时代周刊》，第 45 期，汉堡，1952年11月6日）
② 参见乔治·卢卡奇（Georg Lukács），《灵魂与形式》（Die Seelen und die Formen），柏林，1911，页 366，其中一篇关于保罗·恩斯特（Paul Ernst）的文章《悲剧的形而上学》（Metaphysik der Tragödie）。

史剧中，可以指名道姓地说出观众知晓的具体人物和事件，并且能唤起他们的某些设想和期待，诗人再进行加工。关于这类观众的历史知识，可以引用让·保尔（Jean Paul）的这段名言：

当一个著名的历史人物（例如苏格拉底或恺撒）王侯般在剧中登场时，当诗人呼唤起他的名字时，对这一人物的认知是前提条件。每个名字本身就意味着众多场景。

当某个当代历史人物以另一个名字出现在剧中，但观众又能轻易认出其原型时，戏剧效果一点不会更弱，却完全不同了。这种透明的"隐姓埋名"增强了那些了解真相的观众和听众的紧张感和参与感，而我们所讨论的哈姆雷特—詹姆士正属于这种情况。

戏剧与悲剧性

构成剧院关键因素的不仅只有观众的知识，不仅观众会注重是否遵守语言和演出规则，剧院本身基本上就是一出戏。上演一部戏剧不仅仅意味着表演它，作品本身就是一场戏。莎士比亚的作品尤其都是真正的剧院戏，是喜剧或悲剧。每部戏都有自己的领域和独立的空间，在此领域和空间内存在一定的自由，无论是文学素材的自由还是作品诞生情境的自由。由此产生了独立的戏剧空间和戏剧时间，它们允许创造出一个完满的、对外封闭的、纯粹内在的过程。因此，可以将莎士比亚作品作为纯戏剧上演，也就是脱离各种历史、哲学或寓意式的附加意义和各种旁枝性观点。

这也适用于悲剧《哈姆雷特》。《哈姆雷特》中的大部分内容都是戏，大部分场景都是纯粹的戏剧场景。奥托·路德维希①（Otto Ludwig）在他的戏剧研究中也提到并强调了这点。②

我并不苛求任何人在看到舞台上的哈姆雷特时都想

———————————

① ［译注］奥托·路德维希是 19 世纪的德国作家，"诗意现实主义"的代表人物。
② 奥托·路德维希还不断强调，必须从戏剧的"各种内部关系"，也就是要从戏剧本身出发去聆听并理解它。因此他对黑格尔自然就骂不绝口了，他说黑格尔是个过于伟大的社会学家，他应该让一部剧作索性自我完成。奥托·路德维希充满愤怒地引用了黑格尔美学中一个"几乎可笑的"例子（卷一，页267），来说明黑格尔误解了根本的戏剧性。黑格尔认为（我认为他不无道理），莎士比亚在《麦克白》中顾及詹姆士国王，故意不提及历史上的麦克白拥有王位继承权，这样剧中的麦克白就是个彻底的罪犯了。黑格尔这个十分理智的观点令奥托·路德维希愤慨万分："莎士比亚为了讨好詹姆士国王才把麦克白描绘成一个罪犯，难道有人能理解这种突发奇想吗？我不能理解。"在奥托·路德维希说这段话的 1850 年，在德国美学的魔力下，的确没人能理解。但是今天的我们却能很好地理解黑格尔。奥托·路德维希的这段话是个绝佳的例子，佐证了我们在上文中所提到的德国教养传统下对戏剧诗人的设想，以及关于剧作家莎士比亚的一套先入为主的理论。

到詹姆士。我也不想用历史上的詹姆士来衡量莎士比亚的哈姆雷特，反之亦然。面对一场精彩的《哈姆雷特》演出，却因对历史浮想联翩而走了神，这是极其愚蠢的。然而我们必须区分"悲悼剧"和"悲剧"①。很可惜，我们已经习惯将"悲悼剧"（Trauerspiel）作为"悲剧"（Tragödie）的德语对应词，并因此混淆了两者。莎士比亚的那些以主人公之死为结局的作品，都被称为"tragedies"，《哈姆雷特》也同样被标明为"tragical history"或"tragedy"。

然而还是有必要区别"悲悼剧"和"悲剧"这两个概念，才能使悲剧性事物的特殊质地不至于流失，让真正悲剧性所具备的严肃性不至于消逝。当今流行着一种游戏（戏剧）哲学，甚至是游戏（戏剧）神学。事实上，历来有人笃信人类和人类依赖上帝的尘世生活就是上帝的游戏，例如新教里有这样一首圣歌：

在祂里面，一切事物都有其原因与目的，

人类的成就，是上帝伟大的游戏。

① 参见附录 2，页 62。关于本雅明所引用的维拉莫维兹-默棱多夫给阿提卡悲剧所做的定义，参见本书第 72 页注释②，关于他对瓦克纳格尔（Wackernagel）的引用，参见本书第 76 页注释①。

马丁·路德在《教义问答》的最后谈到上帝每天都与列维坦玩好几小时的游戏。路德宗神学家卡尔·金特（Karl Kindt）称莎士比亚戏剧是"维腾堡的作品"，并称哈姆雷特是"上帝的游戏者"[①]。天主教与新教神学家都援引所罗门《箴言》第八章第30—31节："那时，我在他那里为工师，日日为他所喜爱，常常在他面前踊跃，踊跃在他为人预备可住之地，也喜悦住在世人之间。"在武加大版《圣经》中译为："在尘世中游戏。"（ludens in orbe terrarum）

我们很难解释此处的晦涩，也不想论述教会礼仪和献祭与深奥的游戏（戏剧）概念之间的关系。无论如何，莎士比亚戏剧与教会礼仪无关，它不是教会的，也不像法国古典戏剧那样被束缚在一个由国家主权来决定的框架内。"上帝在与我们做游戏"这一想法，既可以被提升为一种积极的神义论，也可以被贬入带有讽刺意味的怀疑论或毫无根据的不可知论的深渊。我

[①] 卡尔·金特，《上帝的游戏者，作为基督教世界剧场的〈哈姆雷特〉》（Der Spieler Gottes, Shakespeares Hamlet als christliches Welttheater），韦彻恩出版社，柏林，1949年。"最后，上帝收拾了整个玩偶盒，开始和福丁布拉斯玩新的游戏。"（页95）这本优秀的著作有诸多亮点，其中之一就是金特联系到黑格尔主义者卡尔·维尔德（Karl Werder）的涉及客观事件的哈姆雷特阐释（《哈姆雷特讲义》[Hamlet-Vorlesungen]，柏林，1875年），由此在超越心理学主义的道路上迈出了重要的一步。

们先把这个问题放到一边吧！

此外，"Spiel"一词在德语中有多种多样甚至相对立的用法。照着抄写下的或印刷出的乐谱拉小提琴、吹笛子或打鼓的人，都将这种与音符相联结的行动称为：演奏（spielen）。根据某种游戏规则踢球、打球的人，也是在玩（spielen）。小孩子和活泼的猫儿玩耍（spielen）得尤其激烈，这类玩耍的魅力正在于，他们不是根据固定的规则进行游戏，而是完全自由的。因此，从全知全能的上帝的掌管，到非理性生物的活动，各种可能的，甚至相对的行动，都能归到"（游）戏"（Spiel）这一概念之下。

既然这个词的意义如此松散，我们这些可怜的凡人还是暂且停留在"（游）戏"概念的基础，即对危急情况的否定上吧。① （游）戏开始的地方，悲剧性就终

① 吕迪格尔·阿尔特曼（Rüdiger Altmann），《游戏中的自由》（*Freiheit im Spiel*）（1955 年 4 月 30 日《法兰克福汇报》第 100 期中的一篇文章）。在此整体引用："游戏是对危急情况的根本否定，这就是游戏的存在性意义。了解什么是危急情况，才会知道什么是游戏。危急情况的形象能引导游戏，这一事实什么也无法改变。"假如用汉斯·弗莱尔（Hans Freyer）在《当今时代理论》（»Theorie des gegenwärtigen Zeitalters«）中的概念和称呼来描述的话，或许可以说，悲剧不可被纳入从属体系中，这是悲剧性的本质。反过来说，从属体系是游戏规则的领域，悲剧性事件的侵入被排除在游戏规则之外，假如游戏规则真的察觉到了悲剧性事件的侵入，这种侵入就只能成为一种阻碍。关于将"国家"理解为一种从属体系，参见附录二。如果能认识到游戏与自由、自由与自由时间之间的关联，或许哪天某位立法者就能设立简单的法定定义：一个人在合法的自由时间内，为了填满或建立这段时间所做的一切行为，都属于游戏。

止了，即使这是一出惹人哭的戏，是一出演给悲伤的观众看的悲伤的戏，是一出彻底的悲悼剧。但至少在莎士比亚的悲悼剧中，我们可以忽视悲剧之"不可亵玩"性，即使在所谓的悲剧中也会显现出（游）戏的质地。

戏中戏：哈姆雷特还是赫库芭

1600 年前后的时代弥漫着强烈的巴洛克世界观，整个世界就是一个舞台，就是世界剧院、自然剧院、欧洲剧院、战争剧院、法律剧院。那个时期的人感觉自己就站在观众面前的戏台上，也会在举止行为的表演性维度上来理解自己和自己的行为。这种舞台感在其他时代也存在过，但在巴洛克时期却特别强烈和普遍。在公众面前行动等同于在戏台上行动，由此就成了一出戏。

> 论及戏剧和舞台，什么也及不上
> 比把宫廷作为基本场所的生活。①

----

① 参见瓦尔特·本雅明引用的卡斯帕·冯·洛恩施泰因（Caspar von Lohenstein）为《索芙妮丝芭》（Sophonisbe）所写的序言，见《德意志悲悼剧的起源》，页 84。

詹姆士一世也提醒过他的儿子，作为一国之君就是站在舞台上，所有的目光都投向他。

在莎士比亚所在的伊丽莎白时代的英格兰，生活的巴洛克戏剧化还处在比较松散和初级的程度，并未像路易十四时期高乃依、拉辛的戏剧那样，让主权国家性或主权国家构建的公共安定、太平和秩序所形成的固定框架束缚住戏剧。与法国古典戏剧相比，莎士比亚戏剧不论从其喜剧性还是悲剧性方面来看，都是粗暴、原始和野蛮的，并且以"政治"一词在彼时的国家意义上来看，也不具政治性。不如说，这种原始戏剧是当时现实的组成部分，是社会之当下的一部分，这个社会在很大程度上将自己的行动视为一场戏，不会将上演的戏中的现实与自身实际经历的现实特别对立起来。整个社会一起坐在观众席上。舞台上的戏无须艺术手法就可以成为戏中戏——即现实生活直接当下这场戏中的又一场活生生的戏。舞台上的戏不用脱离直接现实也可以作为"戏"获得升华。由此成就了一种双重的升华，使得第三幕中的戏中戏能惊人地得以实现。我们甚至可以说，这不止是双重升华，甚至是三重升华，因为在此之前出现的哑剧又一次影射出悲剧性事件的核心之所在。

这场戏中戏并非普通的幕后窥探。首先不可将它与19世纪社会革命进程中诞生的演员剧混淆。在演员剧中，幕布被拆毁，假面被揭开，演员作为受压迫阶级中的一员，以赤裸裸的人性展现自己。大仲马在19世纪就曾将著名的莎士比亚戏剧演员埃德蒙特·基恩（Edmund Kean）作为自己一部戏剧作品的主人公。到了20世纪，让-保罗·萨特（Jean-Paul Sartre）在不久前又重复了这一创作方式，本质上并没有很大的差异。[①] 在大仲马和萨特的作品中，戏台上的一个虚假的公共空间被揭穿，而且是在自己剧院的公共空间中被揭穿。假面与幕布都灰飞烟灭，但只在戏中，也只作为戏。观众获得的是关于个人心理学或社会学问题的启发。戏剧转变成了讨论甚至宣传。改用卡尔·马克思一句尖锐的话来说就是：演员成为主人公，主人公成了演员，演员以这种方式实现了自我解放。

　　《哈姆雷特》第三幕中的戏中戏却并非幕后窥探。不过在此前的第二幕中，哈姆雷特遇见伶人的那场戏倒有一些幕后窥探之意。哈姆雷特与伶人之间的对话，

---

① ［译注］埃德蒙特·基恩是19世纪英国著名的莎士比亚演员。身材矮小的他却充满表现力，曾成功出演《理查三世》《哈姆雷特》《奥赛罗》《麦克白》《李尔王》等。大仲马根据这名天才演员的生平，于1836年出版戏剧《基恩》，萨特又于1953年改编了大仲马的《基恩》。

伶人在哈姆雷特面前的朗诵，以及哈姆雷特对伶人的指示，都可以成为一场真正的演员剧的开端。但纵观这两幕，它们所构成的整体却根本不是演员剧，只是纯粹的戏中戏。在哈姆雷特面前朗诵关于普里阿摩斯之死的那位伶人，为了赫库芭而哭泣。哈姆雷特却无法为赫库芭而哭泣。他惊叹世上竟然有人为了职业所需，可以为了与现实生活中个人存在、自身的现实处境全然无关的事情去哭泣。哈姆雷特在这段经历之后深深自责，思索自身的处境，激励自己去完成复仇任务。① 莎士比亚绝不可能希望通过戏剧《哈姆雷特》让他的哈姆雷特变成赫库芭，让我们观众哭哈姆雷特，

① 哈姆雷特在关于赫库芭的独白（第二幕，第二场，552—609 行）中详细阐述了他最初受到的委托、他的动机、他的事业，还包括一段激烈的自我谴责，说自己"没有怀抱自己的动机"，施莱格尔译为"对自己的事业感到陌生"。但哈姆雷特的事业究竟是什么？尤其当哈姆雷特在这段独白中透露自己的计划，想把这场戏中戏作为"捕鼠器"来抓住凶手，这一问题就愈发显得重要了。只是在这里，当我们根据这段独白提出哈姆雷特的事业究竟是什么的问题时，我们会发现在第一稿，即 1603 年的第一四开本中，相比后来的版本，也是如今更通行的第二四开本或第一对开本，出现了一个奇特的差异。根据如今通行的版本，哈姆雷特只有唯一的事业，就是要为国王复仇，这位国王被人通过卑劣的手段夺走了财产与宝贵的生命。但是根据第一四开本（也就是在詹姆士 1603 年登基之前的版本），哈姆雷特遭受的损失却是双重的：他的父亲被杀害，他的王位被夺取（第二幕，第二场，587 行，维尔托编，页 148）。这里所说的"王位被夺取"显然指年轻的哈姆雷特自己的王冠被夺走了。这第二层"动机与激情的关键"在詹姆士登上王位前的 1601 年至 1603 年间，可以说正是埃塞克斯和南安普顿这一团体向犹豫不决的詹姆士发出的呼声。在詹姆士即位后，就必须删除这一处了。关于哈姆雷特的王位继承问题，详见本书附录 1。

— 068 —

正如同戏中伶人哭特洛伊王后。然而倘若我们让我们的现实存在与舞台上的戏彻底分离，那么我们就真的是像伶人哭赫库芭那样哭哈姆雷特了。倘若这样，我们的眼泪就成了伶人的眼泪，我们就纯粹是为了审美情趣上的享受而投入作品中，而没有赋予这部戏剧任何实质和使命。倘若这样就太糟糕了，因为这就证明了，我们在剧院里和在法院或布道台上所信奉的并非同一个上帝。

《哈姆雷特》第三幕的戏中戏不仅不是幕后窥探，甚至恰好相反：它将原本的戏再次摆在幕前。其前提就是拥有最强劲的当下性与现实性的真相核心。否则这种双重表演就依旧是游戏性的，依旧是不可信的、矫揉造作的。也就是说，作为一出戏变得越来越不真实，直到最终可能成为"对自身的戏仿"。只有一种十分强劲的现实核心才有可能在戏中承受住舞台上的双重透视。虽然的确存在某些戏中戏，却不存在悲剧中的悲剧。因此，《哈姆雷特》第三幕的戏中戏是一次伟大的尝试，它使历史现实的核心（哈姆雷特—詹姆士之父被杀，母亲嫁于凶手）获得了升华的力量，而未破坏悲剧性。

更为关键的是我们认识到，这部描写丹麦王子哈姆雷特的作品恰恰作为戏剧不断让人着迷，作为戏剧的它还未彻底升起。这部作品包含很多非戏剧要素，在此意义上并非是完全的戏剧。它不具备时间、地点和情节间的统一性，结果也并非纯粹的自我内在过程。作品中的两处巨大裂缝使历史时间得以闯入戏剧时间中，使恒久更新的阐释、终究难以解开的秘密汇聚成一条无法测度的巨流，淌入这部在其他方面如此真实的戏剧中。这两次侵入，一次遮蔽了王后的罪责问题，一次转变了复仇者的原型，引起了主人公的"哈姆雷特化"。这两次侵入形成了两个阴影，两个暗点。它们绝非纯粹的历史和政治暗示，也绝非纯粹的影射或真实的镜像，而是被这部戏所接受并尊重的事实，原本的戏剧战战兢兢地绕开了这两个阴影，它们扰乱了纯戏剧的无目的性。从戏剧角度来看，它们可以说是一种缺陷，但正是它们使哈姆雷特这一舞台形象能够成为真正的神话。由此看来，它们又是一种优势，因为它们将悲悼剧升华为悲剧。

悲剧性与自由创作之间的不可融合性

与任何其他文学形式，尤其与悲悼剧不同，悲剧具有一种特殊的杰出质地，一种剩余价值，一种任何完整无缺的戏剧都无法企及也不愿企及的剩余价值，只要这部戏剧没有误解自己的话。这种剩余价值在于悲剧性事件自身的客观真实性，在一种难以揣测的进程中，即不可辩驳的真实人物卷入不可辩驳的真实事件之中，剩余价值就会在某种神秘的联结与纠缠中产生。以此为基础构成了悲剧性事件之无法虚构、无法相对化，因此也不可亵玩的严肃性。所有参与者都知晓这一不容更改的事实，这绝非人的大脑臆想出的，而是从外部而来的，是偶遇的，是业已存在的。不容更改的事实仿佛一块沉默的岩石，当戏剧作品撞击到它时，就激起了真正悲剧性的激浪。

在这里，我们能看到自由诗性创作无法跨越的最后界限。一位诗人愿意也应该创造很多东西，但他无法创造出悲剧性情节的真实核心。我们可以为赫库芭哭泣，人可以为很多东西哭泣，很多东西都是令人哀伤的，但悲伤性却只诞生于某件对于所有参与者、诗人、演员和观众都不容更改的既存事实。杜撰出的命运就不是命运。即使最天才的创作也无济于事。悲剧性事件的核心，即悲剧性真实的起源，是不容更改的，并非终有一死之人主观臆想可得，也绝非天才可以徒手捏造而出。恰恰相反：创作越是独特，结构越是缜密，剧作越是完整，对悲剧性本身的破坏就越是明确。每次演出时包括诗人、演员和观众的公众体，并不基于共同认可的悲剧语言和表演规则，而是基于共同鲜活经历的历史现实。

尼采在一段著名论述中谈到悲剧诞生于音乐的精神。显然，音乐不可能是我们在此称为悲剧性事件起源的东西。维拉莫维兹-默棱多夫①（Wilamowitz-Moellendorff）也有一段著名的论述，他将阿提卡悲剧定义为神话作品或英雄传说。②他强调自己是有意识地将悲剧源自神话的观点放入他对悲剧的定义中去的。于是，神话就成了悲剧性的起源。可惜默棱多夫并没有把该认识一以贯之。在他的论述过程中，神话又成了一般的"素材"，最后甚至成了如今所谓"故事"（story）意义上的某种假说，是诗人"创造"的源泉。

① ［译注］维拉莫维兹-默棱多夫是德国的古典语文学家，他将古典语文学视为一种历史学，认为所有古代学科都可以融为一体。他会从作品诞生的文化和社会历史条件出发来阐释古典作品，会在解析文本时以一个总括性的古典学视角考察作品的考古源流。

② 参见乌尔利希·封·维拉莫维兹-默棱多夫，《欧里庇得斯的〈赫拉克勒斯〉》（Euripides Herakles），载《阿提卡悲剧导读》（Einleitung in die Attische Tragödie）第一卷，柏林，1889 年，页 43—45：什么是阿提卡悲剧？维拉莫维兹-默棱多夫将传说称为"民族鲜活历史记忆的整体，在这个时代，民族只能以神话历史的形式进行思考"。他对阿提卡悲剧的定义是："一部阿提卡悲剧是一个自身完整且封闭的英雄传说，通过一个阿提卡市民合唱团和两到三个演员，以崇高的方式诗意地描述该英雄传说，并且一定是作为在酒神狄奥尼索斯的圣地所进行的公共祭祀活动的一部分。"

于是，神话又不过成了文学性的源头。尽管如此，默棱多夫的定义还是正确的，因为他将神话理解为英雄传说，这就不仅仅是诗人的文学性源头，而且是某种将诗人和观众都裹挟在内的共同的、鲜活的常识，某种将所有参与者的历史性存在都捆绑在一起的历史现实。因此，阿提卡悲剧不是处静息迹的戏剧，在演出时，从观众对神话的常识中继而流淌出某种不再属于纯戏剧的现实成分。俄瑞忒斯特、俄狄浦斯、赫拉克勒斯这样的悲剧性人物并非被创造出来的，而是作为鲜活神话中的形象实际存在的，并且是从外部，一种当前的外部，引入到悲剧中去的。

席勒的历史剧又是另一回事儿了。在他的作品中重要的是，观众提前通过良好的教养而获得的历史知识是否能引起一个共同的当下性与公众体。对这个问题的肯定或否定回答意味着，历史究竟是悲剧性事件的一种起源还是一部悲悼剧的文学性源头。我不相信历史知识可以取代神话。席勒的戏剧是悲悼剧，却没有到达神话的高度。众所周知，席勒就该问题进行了许多思考，并发展出自己的一套游戏/戏剧哲学。艺术对于他来说属于独立表象的范畴。人只有在游戏中才得以成为人，人从自我间离中找到个人尊严。依据这套哲学理论，游戏就凌驾于严肃性之上。生活是严肃的，艺术是欢乐的。是的，那么行动着的人类的严肃现实最终就只是"鄙陋的现实"，严肃性也就会越来越趋向于动物性。游戏属于的自主的更高领域被严肃性与生活这两者所利用。在 19 世纪的德国，奉席勒戏剧为经典的那群观众，将世界历史视为世界剧院，把看戏当作丰富自我的一种享受，正如席勒在《向艺术致敬》（*Huldigung der Künste*）中的这句诗：

> 当你看完世界这场大戏，
> 就能更丰厚地回归自身。

在莎士比亚时代，戏剧还不是人类纯白无邪的领域，还未与人类当前的行动分隔开。16 世纪的英国与闲适享受教育的 19 世纪德国有天壤之别。当时戏剧还属于生活领域，属于一种虽然充满思想与气质，却还未被"文明化"的生活。当时的英国还处于面向海洋突破大陆的初级阶段，处于从陆地性存在向海洋性存在过渡的时期。像埃塞克斯伯爵和沃尔特·雷利这样的航海家和冒险家还属于少数精英阶层。戏剧还是野蛮的、原始的，既不会害怕街头小曲，也不会顾及打牙犯嘴。

此前，我们简略提到了将游戏作为真正人性的独立领域这一极端哲学性的理论，而且是将其作为一个反例。我们所论及的莎士比亚虽然也运用甚至利用历史及文学资源，但他对历史的态度却与席勒不同，即使在历史剧中也是如此。我们之前已经谈到过莎士比亚看似几乎反历史主义的随意性。在他那些关于英国历史的戏剧作品中，历史甚至都谈不上是文学资源，而不过是个传声筒。然而莎士比亚的戏剧始终毫无疑问既是"剧"又是"戏"，它并不负担哲学和审美问题。这部复仇剧中的复仇者形象越被问题化，《哈姆雷特》试图通过戏剧本身解决问题的可能性就越小，通过艺术道成肉身、在"戏"中降生为人的可能性也越小。这部完好无损的剧作的作者既不害怕"影射"，也不畏惧"镜像"，却任由真正的"侵入"维持原状。正是在《哈姆雷特》中，他遇到一个具体的禁忌，遇到他必须尊重的实际存在于时代历史中的形象。对于莎士比亚与他的观众而言，国王的儿子与他被谋害的父亲都是不争的事实，人们却由于惧怕，出于道德和政治上的顾虑，出于分寸感和自然而然的敬畏感而瞻前顾后。这两个"侵入"正是以该种方式进入了这部除此之外毋庸置疑在完整框架里进行的舞台戏剧，它们构成两扇门，使真实事件中的悲剧性元素得以进入戏剧世界，使悲悼剧成为悲剧，使历史现实成为神话。

历史事实的核心并非虚构所得，也无法虚构，它是预先规定的，必须被尊重，所以可以以双重方式进入一部悲剧，与此相应就有悲剧性事件的两大根源：其一是古典悲剧的神话根源，它传递悲剧性事件；其二是直接的、既存的历史当下，它将诗人、演员和观众都裹挟进去，这就是《哈姆雷特》的情况。古典悲剧找到了神话并从中汲取悲剧性事件，而《哈姆雷特》是一个极罕见却典型的现代成功案例，也就是诗人从他直接经历的现实中酿造出一则神话。无论在古代还是现代，诗人从未虚构出悲剧性事件，悲剧性事件与虚构无法相融，相互排斥。①

---

① 威廉·瓦克纳格尔，《关于戏剧诗》（*Über die dramatische Poesie*），巴塞尔，1838 年。然而，悲剧的现实对于瓦克纳格尔来说只是已经过去的历史现实；当下的现实对他来说属于喜剧的范畴。他已经在通往历史主义的道路上了。但他的学识渊博，黑格尔对他产生了深远持久的影响，开阔了他的视野。令人惊讶的是，他做出了各种各样精准的评判。我想在此引用他关于席勒戏剧《堂·卡洛斯》（*Don Carlos*）中主人公的论述。他强调了戏剧人物堂·卡洛斯的历史非真实性。他说，通过对真实历史的回避，"悲剧脱离了那个场所"。瓦克纳格尔还引用了让·保尔就历史上伟大人物以及与这些人物相关的诸多情况的"认知"所进行的论述。因为他并没有将历史视为当下，而是作为往昔，因此历史对他而言最终就成为一种文学渊源。传说的情况与我们此前所论述的维拉莫维兹-默棱多夫类似。从这一点来看，瓦克纳格尔并没有区分悲悼剧和悲剧，跳过了"（游）戏性"与"悲剧性"的关系这个问题。瓦尔特·本雅明对瓦克纳格尔的提及在这一层面上可以说是一种精确化（见《德意志悲悼剧的起源》，页 80，99）。

莎士比亚无可比拟的伟大之处就在于，他出于惧怕与顾虑，鉴于分寸礼节和敬畏之心，从纷乱的日常政治现实中提取了一个可以升华为神话的人物形象。他成功地把握住悲剧性的核心，达到了神话的高度，这是他在胆怯与敬畏之心的驱使下，出于尊重禁忌而将复仇者形象转化为哈姆雷特所获得的回报。

　　哈姆雷特的神话由此诞生。一部悲悼剧由此升华为悲剧，并以这种形式，将一个神话人物鲜活的真相传递给了此后的世世代代。

结　论

我们就哈姆雷特问题所做出的努力究竟换来了怎样的成果呢?

(一)首先是一种理性的认识,它解释了为何迄今为止出现了多到令人难以置信的各种哈姆雷特阐释。我们无法从这部舞台戏剧的内容本身找到谜底,不能从其自体过程的内在关系中找到答案。但是,我们也无法从诗人的主体性中找到解释,因为有一种客观的历史现实从外部猝然刺入戏中。这一认识并不会让两百多年来形形色色的诠释变得毫无意义。在层出不穷的新诠释与诠释的可能性中,哈姆雷特这一形象的神话质地得以保留。但或许可以这么说,如果今天依旧要继续用心理学方式解读《哈姆雷特》,是没有意义的。用恋父/恋母情结进行的精神分析诠释已是最后的尝试,也是哈姆雷特诠释中纯心理学阶段的垂死挣扎。

（二）我们将纯粹的"影射"、时代历史现实中的真实"镜像"（埃塞克斯伯爵）与真正的"侵入"区分开来。当我们在关于王后的禁忌以及传统复仇者形象的转变中辨认出，并且承认时代历史现实的真正侵入时，我们就能任其自然，保持开放。这样，我们就为一出无拘无束的戏铺平了道路。人们可以像让-路易斯·巴罗①（Jean-Louis Barrault）在 1952 年时那样将《哈姆雷特》作为纯粹的戏剧来演出。只要客观真实所带来的阴影保持可见，不然结尾处互换的佩剑、毒酒和那么多人的死亡，就会让这部戏成为所谓的极端宿命论悲剧，而这部作品也就可能沦为充塞着沉思内省的街头小曲。无论如何，这出毋庸置疑的戏剧获得了更好的、内在更自由的诠释，而不是继续尝试用哲学或心理学领域的产物来填塞这两处"侵入"。

（三）我们一旦获得了通往无拘无束戏剧的坦途，就克服了所有历史主义和反历史主义的误读。我们已经驳回了历史主义的误读，戴着詹姆士的假面去扮演哈姆雷特简直愚不可及，不然岂不就成了历史蜡像馆

---

① ［译注］让-路易斯·巴罗是一名法国演员和导演。1942 年至 1946 年期间，他是法兰西剧院的成员，在莎士比亚的戏剧《哈姆雷特》中扮演主角。

或迈宁根剧院①的翻版，抑或是想试着给幽灵献血或变身吸血鬼？没有任何一个档案馆、博物馆或旧书店能用某种类型的真实召唤出神话的当下性。莎士比亚的伟大还在于，他在那个混乱的时代中，在转眼就变成废纸堆的日常新闻和通俗报道中分辨出了悲剧性的核心，并心存敬畏。

但即使是为了反对历史主义而故意采取的现代化方式，也偏离了目标。只要思考一下历史主义的荒谬误读，就会知道有无穷无尽的谬误与"历史"这个词联系在一起，也就能理解这种现代化方式了。假如只把历史理解为曾经之事、过去之物，而不再视其为当下与现实，那么反对古装就变成有意义了，那就要穿着燕尾服扮演哈姆雷特了。不过现代化方式只是一种针对具体敌人的论战性反抗，其结果无非是短暂的效果，最终依旧是快速的自我毁灭。从身穿燕尾服的哈姆雷特到奥芬巴赫的世界其实仅一步之遥。

---

① ［译注］迈宁根剧院是图林根州迈宁根市的一个剧院，该剧院作为现代导演戏剧的诞生地而闻名。19世纪末，它以迈宁根宫廷剧院在各地巡演，享誉欧洲。该剧院尤以演出莎士比亚与席勒的戏剧而闻名，演出时使用经历史考证的华贵服饰和舞台设计，成为写实主义导演戏剧的典范。

（四）最后必须至少透露一点我进行此项哈姆雷特研究最根本的野心之所在，即最终的也是最大的收获。那就是在区分"悲悼剧"与"悲剧"的基础上，认识到在绝无仅有的历史现实中存在某种不容变更的、超越任何主观创造的崇高核心，唯有它才能将作品升华为神话。

众所周知，欧洲精神自文艺复兴以来经历了去神秘化和去神话化。尽管如此，欧洲文学还是塑造出三个极具象征力的伟大人物：堂吉诃德、哈姆雷特和浮士德。其中至少哈姆雷特已经成为了神话。奇特的是，这三人都手不释卷，可以说是知识分子。这三人都被幽灵带偏了轨道。让我们关注一下他们的起源与出身吧：堂吉诃德是西班牙人，纯粹的天主教徒；浮士德是德国人，新教徒；哈姆雷特介于两者之间，他恰恰处于决定欧洲命运的分裂地带。

我认为这是我的哈姆雷特研究中最后一个重大观点。费迪南德·弗赖利格拉特在那首"德国是哈姆雷特"的诗中影射到维腾堡，也让人预感到了其中的关联。由此开启了新的视野，让人去回想最深刻的悲剧性的起源，回想玛丽·斯图亚特与她儿子詹姆士所处的历史现实。对于我们而言，玛丽·斯图亚特不同于赫库芭，阿特柔斯家族的命运离我们很遥远，而不幸的斯图亚特家族的命运则是切身的。欧洲的信仰分裂将这个王族的命运撕扯得粉碎，从这个家族的历史中，生长出哈姆雷特神话的悲剧性萌芽。

附　录

1

作为王位继承者的哈姆雷特

　　哈姆雷特究竟是不是他父亲的法定王位继承人，这个问题对于判断哈姆雷特的行为和性格，以及戏剧事件的客观意义都至关重要。因为倘若哈姆雷特是法定继承人，那么克劳迪斯国王就是篡位者，必须承担一个篡位者导致的所有道德影响和法律后果。他就不仅是杀害父亲的凶手，还直接损害了儿子的继承权。哈姆雷特就不仅要为父亲报仇，也要为夺回自己的王位而斗争。这部戏剧就不仅是复仇剧，也是王位继承剧。

　　事实上，两者皆是，当然程度不同。戏剧第一部分（到第三幕中间为止）几乎纯粹是复仇剧，其内容似乎不过是复仇任务及其实施。戏剧第二部分则相反，随着凶手的真面目被揭穿，关键内容成了一场为了赤裸裸地表达自我而展开的殊死肉搏，王位继承的问题隐退到让观众几乎意识不到的地步。但它还是存在的，甚至还能找到哈姆雷特与克劳迪斯国王进行妥协交涉的迹象。王位继承主题成为贯穿全剧的一条细线，只有把剧中几处串联起来才会发现它的隐约存在：第一幕，第二场，108—109行（克劳迪斯承认哈姆雷特是下任继承者，想成为哈姆雷特的父亲）；第三幕，第二场，90—92行（哈姆雷特向克劳迪斯国王抱怨，说别人总是给他各种无法兑现的承诺），第三幕，第二场，342—344行（丹麦的王位继承）。而在其他几幕中（第二、第四、第五幕），据我所知并没有特殊的伏笔，暗示杀人者向被害人儿子提出妥协的建议。

　　约翰·多弗·威尔森针对哈姆雷特的王位继承权问题进行了细致研究（见《哈姆雷特中发生了什么》，页30）。他将该问题置于历史视角下进行阐述：丹麦是选举君主制国家吗？答案是否定的。因此克劳迪斯就是篡位者。莎士比亚戏剧将哈姆雷特是合法王位继承人设定为前提。我认为这一结论是正确的。但它与1600年至1603年在英格兰的实际历史情况之间的关系，却是惊人的。在这一点上，我们无法忽视丽莲·温斯坦莉在她的哈姆雷特专著中重点提出的"苏格兰王位继承"问题。威尔森表示，当时英格兰的王位继承会由议会经过选举完成，但议会会考虑先任者的最后意愿，即临终遗言。詹姆士就是这样获得了伊丽莎白的临终遗言。哈姆雷特将他的临终遗言托付给了福丁布拉斯，但也提到了选举（第五幕，第二场，354—355 行）。

威尔森还有一段评论也十分重要而且贴切，他说没有必要绕到丹麦宪法去理解哈姆雷特中的王位继承法律情况。"如果莎士比亚与他的观众用英语的概念去理解丹麦宪法，那对他们而言，哈姆雷特就是王位的合法继承人，克劳迪斯就是篡位者。"的确，如果《哈姆雷特》的英国观众是用英国的而非古代丹麦的概念来思考这个问题（这在历史上其实是不言而喻的），那么哈姆雷特与詹姆士以及苏格兰王位继承之间显然具有不容忽视的关联。

当哈姆雷特谈到克劳迪斯国王时说，他像小偷般从炉台上窃取了王冠（第三幕，第四场，100 行），因而哈姆雷特不仅是为父报仇的儿子，也是王位的合法继承人。只要"选举"这个词还有一定的意义，剧中的丹麦看上去就像个选举君主制国家。如今，选举君主制被理解为世袭君主制的对立面，后者一般以继任者在立遗嘱者死后直接继承王位为前提。也就是说，王位在先任国王去世的那一刻被继承了，遵循"生者继承死者"（le mort saisit le vif）的原则。假如在世袭君主制国家，哈姆雷特在其父亲死去的那一刻开始就是新国王，克劳迪斯就是篡位者。但在选举君主制国家，王位继承人要通过选举才能成为国王。被选为新国王的显然不是哈姆雷特，而是克劳迪斯。后者知道要在先任国王被杀害后立刻让自己合法地加冕为王。他很可能就是以这种方式，利用合法甚至不合法的形式骗取了王位，但只从形式或表面来看，他就是合法的国王，而非篡位者。表面上的很多东西从法律角度来说都是有效的，正像鲁道夫·索姆①（Rudolph Sohm）说的，法律基本上依赖形式。

面对这一问题状况，需要从法律史角度进行澄清。如今，我们将选举君主制与世袭君主制严格对立起来。我们现在所理解的"选举"一般指自由选举。我们今天的法律概念是实证主义、决断主义的。我们的法学家都是立法至上主义者，即使英国的情况比欧洲大陆好一些。因此有必要对"临终遗言""王位继承权"

---

① ［译注］鲁道夫·索姆是德国法学家、宗教法学家，主要研究德国法学史与宗教法。索姆认为，教会的本质是宗教的，而法律的本质是世俗的。因此宗教法的本质与教会的本质是互相矛盾的。

"选举"这些概念进行一个法律史角度的简要解析。

在北欧诸王国的王位继承问题上，要注意三个不同因素。根据不同的时代与民族，每个因素与另两个因素之间的关系所产生的力量与意义都会发生强烈的变化。每个因素始终具有特殊的独立力量。因此，只有联系并协同每个民族与其统治家族的具体秩序，才能理解无论是德文还是英文中的"选举"（德文为Wahl，英文为election）一词。

首先，王位继承人要由目前的统治者来任命，这就是先任者最后的意愿，即所谓的"临终遗言"。哈姆雷特就是这样任命了福丁布拉斯，伊丽莎白也是这样任命了詹姆士，克伦威尔1658年去世时为了让他的儿子理查德继任也曾尝试这样做。这种先任者的任命属于真正的指派，绝非是不受约束的随便建议或单纯推荐。

然而先任者也并非可以自由进行任意选择。通常情况下，他必须任命本王室宗族中的一名成员，自己的儿子或兄弟或其他宗族同胞；换句话说，"临终遗言"是由古老的血统决定的，具有本源的神圣性。但在罗马天主教会的影响下，这种神圣性被很大程度地相对化并大幅破坏了。不过它依旧持续产生影响，并以君权神授的理论出现在詹姆士国王的著作中。从历史源流来看，君权神授正是一种神圣的血统权。

在历代德意志国王中有个著名的例外，这一例外恰好证明了日耳曼王位继承秩序的规则与具体意义。那就是临死的法兰克国王康拉德任命萨克森大公海因里希继任的事件。康拉德没有任命他的兄弟埃伯哈德，而是让另一个宗族的男人成为他的继任者。但是他这么做是出于十分奇特的原因，今天的我们会为此备受感动：他充满遗憾地认定，幸运女神所携的福祉已经离开了自己所属的法兰克宗族，反倒明显归于海因里希所属的萨克森宗族。不少著名历史学家都研究并描述过法兰克人康拉德任命萨克森人海因里希的事件，以及海因里希在918—919年间真正戴上王冠之前的诸般交涉过程。这个例外再次佐证了先任者是根据血统权任命继任者的。

除了这两大因素——任命或"临终遗言"，以及血统权或君权神授，还有第三个因素：接受由王国里的诸位领主，抑或一个由诸位领主共同构成并协作的委员会所认定的某位符合血统权的继任者。在这种情况下自然就会出现各种协商和裁决，它们都有可能被称为"选举"，虽然它们与我们今天所理解的"自由选举"完全不同，以这种方式被认定的继任者与当今意义上的选举候选人也完全不同。通过选举确定继任者之后，还有登基仪式、膏油仪式和宣誓仪式，在场的民众还要欢呼喝彩。在登上王位的所有这些环节中，我们都能找到一点"选举"的意味。可是如果直接说这就是选举君主制，显然是不准确的，也会导致误解。从先任者的指派，到庆典式的登基，再到宣誓和欢呼，所有这些环节共同构成统一的整体，只有从那个时代和那个时代的民众本身出发，才能正确理解它。[①]

凶手克劳迪斯国王让哈姆雷特的父亲死得猝不及防，他不仅夺走了老国王的生命，也剥夺了老国王任命自己的儿子哈姆雷特成为继承人的可能。他活活掐死了"临终遗言"，损害了年轻的哈姆雷特的王位继承权。将哈姆雷特称为王位的合法继承人，将克劳迪斯称为篡位者，并不像约翰·多弗·威尔森所说的那样简单。只有在北欧王位继承秩序的一个因素下，即神

[①] 参见弗里茨·罗里希（Fritz Rörig），《血统权与自由选举对德国历史的影响，911—1198 年间德意志国王选举史研究》（Geblütsrecht und freie Wahl in ihrer Auswirkung auf die deutsche Geschichte. Untersuchungen zur Geschichte der deutschen Königserhebung［911 - 1198］），柏林德国科学学术论文集，1945/1946 刊，学术出版社，柏林，1948；又参见 E. 迈尔（E. Mayer），《论日耳曼国王选举》（Zu den germanischen Königswahlen），萨维尼基金会期刊，日耳曼部，第 23 卷（1902 年），页 1—3。

圣的血统权因素下，哈姆雷特才具有直接且明确的继承权；换句话说，也就是在詹姆士一直援引的君权神授因素下才有可能。从"哈姆雷特是否是王位的合法继承人"这一问题的视角来看，也无法忽视哈姆雷特与詹姆士之间的时代历史关联。

我们在注释 19① 中已经指出，哈姆雷特的故事在詹姆士 1603 年登基之后发生了改变。在詹姆士登基前出现的第一四开本中，复仇与王位继承这两个动机都清晰可辨。但在接下来的两个版本，即第二四开本和第一对开本中，作者隐去了王位继承之战，因为詹姆士登基之后，这一情节就失去了其现实意义。

---

① ［译注］即本书第 68 页注释①。

2

论莎士比亚戏剧的野蛮特质

关于瓦尔特·本雅明,《德意志悲悼剧的起源》
(恩斯特·罗沃尔特出版社,柏林,1928 年)

无论是普遍层面的莎士比亚戏剧,还是特殊层面的《哈姆雷特》,都不再是中世纪意义上的教会戏剧,但也还不是具体意义上的国家或政治戏剧,此处指的是随着 16、17 世纪国家主权在欧洲大陆的发展,国家与政治所获得的具体意义。尽管与欧洲大陆存在不少接触和联系,从文艺复兴到巴洛克时期的发展中也有不少共同点,却无法用这类标记来定义英格兰戏剧。英格兰戏剧是在英格兰岛屿别具一格的历史发展中诞生的,它以最初要去征服宏大的海洋为开端。由此可以为莎士比亚戏剧进行精神史维度的定位。

瓦尔特·本雅明讨论了悲悼剧与悲剧的区别(页45—154),与这本书的标题相符,他主要论述的是德

国巴洛克时期的悲悼剧。尽管如此，这本书还是充满
了关于艺术史甚至思想史，以及莎士比亚戏剧尤其是
《哈姆雷特》的重要见解和概观。我觉得特别成果丰硕
的是他在"讽喻与悲悼剧"一章中关于莎士比亚的描
述，他认为莎士比亚作品中的讽喻的内容与原始的内
容一样重要。"（莎士比亚作品中）一切关于造物的原
始描绘，都通过其讽喻性的存在变得充满意义，一切
讽喻的东西又通过感官世界中原始的东西而得到加
强。"（页228）关于哈姆雷特他这么说："这部悲悼剧
的最后闪现着命运的火光，好似一部被压抑在命运之
戏中间，但无疑又超越了命运之戏的悲悼剧。"（页
132）

　　关于哈姆雷特的最重要的论述出现在"悲悼剧与
悲剧"一章的最后部分（页153）。瓦尔特·本雅明在
这里又提到了《哈姆雷特》的结尾，即第五幕，第二
场。他认为自己在这场戏中读出了某种特别基督教意
义上的东西，因为哈姆雷特在临死前提到了基督教的
天命："在天命的怀抱中，他那些悲伤的形象都转化为
极乐的存在。"那个时代成功地"召唤出一个处在新古
典主义和中世纪光辉间的分裂的人物形象，巴洛克时
代在这种分裂中看见了一位忧郁者。但召唤出这一形

象的不是德国。他是哈姆雷特"。

这是瓦尔特·本雅明这本书中非同凡响之处。在此之前只有一处是这么写的："对于悲悼剧而言，唯有哈姆雷特是上帝恩典的见证人；然而并非恩典于他而言扮演着什么，而是唯有他自身的命运才能让他满足。"我能理解本雅明此处所说的"（游）戏"与"命运"之间的对立，但我承认，这句紧接着指涉基督教天命的句子对我来说还是晦涩不明的。本雅明想在路德宗意义上将哈姆雷特变成某种"上帝的游戏者"，正如路德宗神学家卡尔·金特在《上帝的游戏者，作为基督教世界剧场的〈哈姆雷特〉》一书中所做的那样（参见本书第63页注释①），对此我不敢苟同。本雅明说："唯有莎士比亚才能让基督教的火花从那种巴洛克式的、非斯多葛主义的、非基督教的、伪古典主义的、伪虔信主义的僵化的忧郁者形象中迸射出来。"对此我想作如下评价：

哈姆雷特并非特殊意义上的基督教形象，即使是瓦尔特·本雅明所引用的那个关于天命和坠落的麻雀的著名隐喻（第五幕，第二场，227—228行），也不会改变这一点。或许他忽略了，哈姆雷特所说的是"特殊的天命"。于是，我们就进入了关于特殊天命与普遍天命的神学争论中。除此之外要注意的是，直到第二四开本才提到了这种天命。在第一四开本中写的还是"预定的天命"。神学争辩与各宗派间战争的地狱之门由此打开。我的感觉是，如果单纯引用《马太福音》第 10 章 29 节[①]就会更有基督教意味。但这种神学化的补充倒是符合热衷神学研究的詹姆士的品味。

戏剧的第一部分，也就是到波洛涅斯之死（第三幕，第四场，24 行），都将复仇主题作为主要内容。在这一部分，哈姆雷特置身于天主教与新教、罗马与维滕堡之间的矛盾中。他对出现在自己面前的父亲鬼魂的质疑，是由天主教与新教彼此对立的恶魔观所决定的，因为它们对炼狱和地狱的教义不尽相同。这里被称为"基督教"的东西绕过了玛丽·斯图亚特之子詹姆士，他彻底置身于信仰冲突中。第一部分，也就是戏剧的复仇部分，唯一真正属于"基督教"的只有一段凶手独白中的祈祷（第三幕，第三场，36—72 行）。

戏剧的第二部分包括一场生死肉搏以及继承人之

---

① ［译注］《马太福音》10：29 "两个麻雀不是卖一分银子吗？若是你们的父不许，一个也不能掉在地上。"哈姆雷特关于坠落麻雀的比喻与《圣经》这一段呼应。

死。继承人之死的母题中包含着最古老的基督教主题，可以参考：《马太福音》21 章 38 节，《马可福音》12 章 1—12 节，《路加福音》20 章 9—19 节，《使徒行传》7 章 52 节①。但在莎士比亚的《哈姆雷特》中却没有在这一主题上引用《圣经》的痕迹，虽然哈姆雷特无疑是王位的合法继承人。

　　莎士比亚的戏剧不再是基督教的，但它也没有走上通往欧洲大陆主权国家的道路，宗教和信仰在这样的主权国家必须是中立的，因为主权国家恰恰是消除了宗教内战之后的产物。即使这样的主权国家承认国家宗教和国家教会，也是建立在自主的国家决断之上的。瓦尔特·本雅明在书中引用了我对主权的定义（参见《德意志悲悼剧的起源，页 55—56，64，以及注释部分页 241》）；1930 年他曾在一封私人信件中向我表示感谢。不过我觉得，他似乎低估了英伦海岛与欧洲大陆整体境况的区别，也因此低估了英国戏剧与

① ［译注］《马太福音》21 章 38 节，《马可福音》12 章 1—12 节，《路加福音》20 章 9—19 节，这三处都是关于耶稣在耶路撒冷的殿中向祭祀长和文士、长老所做的葡萄园的比喻。说葡萄园园主派自己的爱子去收葡萄园的果子，园户们看到这个爱子就是要承受产业的继承人，就一起杀死了他。这个比喻是此后耶稣被钉十字架的预表。《使徒行传》7：52 "那一个先知不是你们祖宗逼迫呢？他们也把预先传说那义者要来的人杀了。如今你们又把那义者卖了，杀了。"

17 世纪德国巴洛克悲悼剧的区别。这种区别对于解读《哈姆雷特》来说至关重要，因为我们无法简单地用艺术史或思想史上的分类，例如文艺复兴和巴洛克，从本质上来理解这种区别。要最快速、最贴切地表现这种区别的特征，最好的方式就是利用一组相对立的关键词，对于思想史上政治的概念而言，这组对立所承载的意义正展现了其征象。这就是"野蛮"与"政治"之间的对立。

莎士比亚的戏剧属于英国革命的第一阶段，如果将这一阶段定为从 1588 年英国将西班牙无敌舰队击溃开始，直到 1688 年斯图亚特家族被驱逐为止（如果这种定义是有意义的话）。在这一百年间，欧洲大陆从宗教内战的中立化过程中发展出了一种新的政治秩序，即主权国家，霍布斯将其称为"理性的帝国"（imperium rationis），它不再是黑格尔所说的客观理性的神学帝国，这种"理性"引向了英雄时代、英雄正义和英雄悲剧的终结（黑格尔：《法哲学》93 节，218 节）。

天主教与新教之间近一个世纪的宗教内战唯有通过让神学家退位才能结束，因为这些神学家利用他们关于杀死暴君、正义之战的理论不断重新煽动内战。一种公共的清静、安全和秩序代替了中世纪的封建制或等级制，建立并维护这一秩序依靠的正是一种新形成物"国家"的合法性作用。倘若要将世界历史上的其他共同体、体制或权力秩序也称为"国家"，都会引起混乱，因此也是不可以的。在宗教内战中陷入绝望的思想家，不再寄希望于教会，转而寄希望于国家，这些人在欧陆先锋国家法国被人以一种独特的意义尊为"政治家"（politiques），其中一位就是法学家让·博丹（Jean Bodin）。主权国家和政治构成与中世纪教会或封建统治的形式与方法之间的对立。

在这种情况下，"政治的"一词就具有了某种论战意味，尤其是具有了作为"野蛮的"一词之对立面的具体意义。用汉斯·弗莱尔（Hans Freyer）的话来说就是：一种次级体系将运作不佳的基本初级体系排挤出去（《当代理论》[*Theorie des gegenwärtigen Zeitalters*]，德意志出版社，斯图加特，1955）。现代国家将常备兵、民众的温饱、现存的良好秩序和良好的法制都转化为各种机关，这些机关恰恰是这一"国家"的特征：军队、警察、金融、司法。现代国家通过这些机关建构起公共的清静、安全和秩序，让所谓的"文明化存在"状态成为可能。政治、警察和礼仪以这种方式成为现代进步过程中奇特的三套马车，与教会的狂热主义以及封建的无政府主义形成对立，简言之，就是与中世纪的野蛮形成对立。

唯有在主权国家才可能出现以高乃依和拉辛为代表的法国古典戏剧，作品的地点、时间和情节在古典主义层面上互相统一，或者更准确地说是在法学层面上，抑或更精确来说是在合法的层面上。[①] 在此基础上我们就能理解伏尔泰为什么觉得莎士比亚是个"喝醉了酒的野蛮人"了。与之相反，18世纪德国狂飙突进运动则借着赞美莎士比亚来对抗法国古典主义戏剧。这之所以是可能的，是因为彼时的德国有一部分还处于"前国家"形态，虽然它并没有都铎王朝时期的英格兰那么野蛮，这还多亏国家化带来的初步效果。1771年，年轻的歌德在波罗的人赫尔德的影响下发表了一篇出色的演讲《纪念莎士比亚》，其中有段著名的评论："法国人啊，你穿戴着古希腊人的铠甲究竟要做什么？它们对你来说太大太重了。因此所有法国悲悼

[①] 卢西恩·戈德曼（Lucien Goldmann）从天主教杨森派对国家与教会的变化立场出发来阐释拉辛戏剧及其悲剧概念。直到完成修改现在这本关于《哈姆雷特》专著，在本书出版的过程中，我才得知他的著作《隐蔽之神，帕斯卡的〈思想录〉与拉辛戏剧对悲剧世界观之研究》（*Le Dieu caché, étude sur la vision tragique dans les Pensées de Pascal et dans le théatre de Racine*）（巴黎，伽利玛出版社）。或许以后有机会能将戈德曼的立场与概念与我的哈姆雷特阐释进行一次比较研究。

剧都是对自身的戏仿。"

都铎王朝时的英格兰在很多方面都踏上了走向
"国家"之路。"国家"（state）这个词在马洛和莎士比
亚的戏剧中有其特殊的含义，值得我们进行额外的语
汇史研究。我在《大地的法》（*Der Nomos der Erde*，
格莱文出版社，科隆，1950，页116—117）一书中在
更广阔的关联背景下讨论了这一点。当然，要进行这
样的语汇史研究，需要更好地完善关于国家理论问题以
及政治的概念历史的信息。至少得比汉斯·格伦兹
（Hans H. Glunz）在《莎士比亚的国家》（*Shakespeares
Staat*，维多里奥·克洛斯特曼出版社，法兰克福，
1940）一书中所掌握的信息更完备。此外，在培根的
散文中也能找到关于"国家"这个词的历史的不少重
要例证。

但正是1588年到1688年之间这一百年，英格兰
岛屿从欧洲大陆脱离，开启了从陆地性存在向海洋性
存在侵袭的脚步。[①] 它成为一个跨越海洋的世界帝国，
甚至成了工业革命的起源国，而没有穿过欧陆国家化

---

① 〔译注〕在1942年出版的《陆地与海洋》（*Land und Meer*）中，施米特将
世界历史描述为海洋性国家与陆地性国家之间相互抗争的历史。他将人类
从陆地性存在向海洋性存在转变的过程称为一场"空间革命"，英国正是
这一空间革命的典型。

的瓶颈。它既没有组织国家军队，也没有国家警察，也没有欧陆国家意义上的司法和金融。它先是在逐浪者和海盗，随后又在商社的带领下，逐渐进入到一个土地殖民的新世界，最终完成了对世界大洋的侵占。

这就是 1588 年至 1688 这一百年间的英国革命，莎士比亚的戏剧正处于革命的第一阶段。我们不能从彼时的往昔或当下的视角，不能从中世纪、文艺复兴或巴洛克的视角来看待这种情况。虽然欧洲大陆直到 18 世纪才实现了国家化，但适应了以此为理想的文明步伐，这就意味着莎士比亚的英国对欧陆国家来说还是野蛮的，也就是说，还处在"前国家"阶段。与之相反，伊丽莎白时代的英国适应了工业革命的文明步伐（虽然也是从 18 世纪才开始的），完成了从陆地性存在到海洋性存在的伟大突破。这一突破的结果是工业革命，它带来了远比欧陆革命更深远、更彻底的大变革，超越了旨在消除"野蛮的中世纪"的欧陆国家化进程。

毫无预感也无法摆脱教会的和封建的中世纪，这就是斯图亚特家族的命运。詹姆士一世利用关于君权神授的论据所表明的精神立场，是毫无希望的。斯图亚特家族既没有理解欧陆的国家主权，也没有领悟英格兰岛在其统治时期逐渐向海洋性存在的过渡。因此，当大规模的海洋侵占成为决定因素，当 1713 年的《乌特勒支合约》首次在公文中承认了陆地与海洋的崭新全球秩序，斯图亚特家族就只能从世界历史舞台上消失了。

3

我做了什么？

　　我出版了一本薄薄的小书：《哈姆雷特还是赫库芭：时代侵入戏剧》（欧根·狄德里希出版社，杜塞尔多夫）。

　　读到 6 月 2 日《法兰克福汇报》上瓦尔特·瓦纳赫（Walter Warnach）的一篇谈话录，以及吕迪格尔·阿尔特曼发表在 1956 年 6 月的学生期刊《公民》上的一篇文章之后，如今我才逐渐明白，我通过这本小书到底做了什么。我才体会到歌德这句预言式箴言的意义：

　　　　你所做的，由另一天决定。

一

　　那么我做了什么呢？乍看之下是做了点好事，甚至是完美无缺的事。我写了一本关于《哈姆雷特》的书，这是个十分受欢迎的主题，成千上万个优秀人物写过关于《哈姆雷特》的书。我身处一个完美无缺的社会。不久前，阿尔弗雷特·德布林（Alfred Döblin）还出版了一本名为《哈姆雷特》的长篇小说。就在几天前，1956 年 6 月 9 日，奥伯豪森工作室还上演了一部斯蒂芬·安德雷斯（Stefan Andres）的戏剧《穿过迷宫跳舞》（*Tanz durchs Labyrinth*），戏中的哈姆雷特来到了欧洲。我没读过这部作品，但我记得保罗·瓦莱里（Paul Valéry）在第一次世界大战后的 1919 年曾说过：欧洲是哈姆雷特。在近一个世纪之前的 1848 年，德国自由主义革命卫士认为，德国是哈姆雷特。这是从德国到欧洲的奇特变化，一个人可能因自己是德国人而显得思想深邃，却也因自己是欧洲人而让人生疑。

第一眼看上去完美无缺的东西，立刻就会让人生疑。显然我不够谨慎，让自己驶入了哈姆雷特阐释这片无边无际的海洋。我陷入深不可测的莎士比亚学，如坠烟雾。我犯了堂吉诃德之错，将整个军营骑着竹马的骑士排列整齐，其中的最新成员已经美国化了，也就是说，已经机动化了。我将自己与一些危险的自以为是者捆绑在了一起。我逐渐明白，我做的可不是什么好事，我太草率，太不谨慎了。

二

在写这本书时，我想必从一开始就对此有所预感。因此我才努力抓住客观性，想要避免主观添加和主观阐读。我想将一切心理学、精神病理学和精神分析学内容搁置到一边。我尝试着紧扣戏剧作品本身，抓住呈现在我们面前的文本以及客观发生过的事件。我很赞同埃里希·弗朗岑（Erich Franzen）的话：在所有熟悉《哈姆雷特》的人当中，莎士比亚离真相最近。

因此，我仔细审视了作品的情节、主旨、故事，或者亚里士多德所说的实在的"合成"、神话。古希腊文中的"神话"一词不仅表示神话是戏剧的源头，也指戏剧的情节本身，指客观事件本身。戏剧是对现实的模仿，即通常所说"摹仿论"，而且这里不存在两种现实，仅有独一无二的现实。

然而在《哈姆雷特》那里，连展现给观众看的客观事件本身都充满了谜团与裂痕。戏剧的第一部分是复仇剧。事件开始发展，鬼魂的命令让情节向前推进：为这起骇人听闻的卑劣谋杀报仇！然而到了戏剧的第二部分，鬼魂却悄无声息地消失了，仿佛从未存在过一般。作品转而成了一场生死肉搏，还充斥着未必可信的偶然事件和街头小曲。谜一般的主人公必须面对两个形象清晰的行动家：克劳迪斯和雷欧提斯。最神秘莫测的是主人公的母亲，也就是王后。她是否主导或参与了谋杀丈夫，最终依旧是个谜。她既不是克吕泰涅斯特拉，也不是阿格里皮娜，更不是北欧的女武神，她并非乔治·布里廷①（Georg Britting）所说的能从所有情人中幸存下来的纯兽性人物。

我对客观事件观察得出的结果如下：只有通过作品诞生的时代的背景，也就是1600年前后的情况，才能理解这部作品。彼时的现实从作品中的两个关键点穿透进来，其中一处涉及苏格兰国王詹姆士的母亲玛丽·斯图亚特，她嫁给了杀害她丈夫的凶手；另一处涉及詹姆士国王自己，他复杂而成问题的性格导致了戏剧主人公的哈姆雷特化。我将第一处称为王后的禁忌，第二处称为复仇者形象的转变。在这两点上都没有戏展开。通过舞台演员的面具，时代的现实得以被

---

① ［译注］乔治·布里廷是德国表现主义作家，他曾创作过名为《一个叫哈姆雷特的胖男人的一生》（*Lebenslauf eines dicken Mannes，der Hamlet hieß*）的长篇小说（1932）。

窥见。我将其称为时代侵入戏剧。

我用客观的方法审视所发生的事件并得出这样的结论，我究竟做了什么呢？我的所作所为并不讨人喜欢。哈姆雷特是文学史家的领域，但研究詹姆士和玛丽·斯图亚特是政治历史学家的事。我们已经习惯了学术研究中的这种分工。谁不理会这种分工，就会破坏早已磨炼得当的学科分工以及顺利运转的研究进程。王后的禁忌和典型复仇者形象的转变这两个论点让我成了拨弄是非者。众所周知，拨弄是非者永远是侵略者。

三

然而事情还会更糟。独立艺术作品拥有关于绝对形式的强悍禁忌，要求艺术作品的产生脱离历史和社会，这是观念哲学领域的真正禁忌，一种追求纯净的禁忌，它深深扎根于德国的教养传统。这种禁忌不允许谈论时代如何侵入戏剧。

古斯塔夫·希拉德（Gustav Hillard）在给我的一封信中写道："原初的图像通过诗人获得了一场变形，原初的图像对于读者和观众来说已经不重要了；是的，他们的知识很成问题,让人迷惑不解。"斯蒂芬·格奥尔格(希拉德没有引用格奥尔格,因此我在本书的第56页引用了这一段)有过类似的评论:"体验通过艺术经历了一场变形,它对于艺术家自己变得无足轻重,而任何其他人如果知晓了诗人的体验,不但不觉得醍醐灌顶,反而更感迷惑不解。"

我们在这里读到了两个关键词:其一是变形,其二是让人迷惑。《哈姆雷特》是艺术作品,艺术作品属于美好表象与纯粹游戏的世界。谁在论述《哈姆雷特》时谈到詹姆士与玛丽·斯图亚特,谁就引发了困扰,侵犯了艺术作品的纯粹性。我谈到了玛丽·斯图亚特的禁忌,因此我自己也触犯了一个禁忌。

四

最后,事情甚至会变得危险。瓦尔特·瓦纳赫和吕迪格尔·阿尔特曼都提到了乔治·卢卡奇。卢卡奇的艺术观最终凯旋,成功进入一个真空地带,这正是涉及艺术作品历史现实的德国观念论艺术哲学所导致的。它所取得的胜利是卓越的,与其对手的茫然无措恰好形成对比。卢卡奇的唯物主义将根据艺术家以及艺术作品诞生时代的阶级状况所进行的分析与历史主义阐释彻底等同起来。以这种方式，它就获得了用历史主义方式审视艺术的垄断权。无论谁侵犯了这一垄断权，他就是反动分子，就是阶级敌人。对于德国人而言，只能在它与美好的表象之间进行选择，这实在令人忧心忡忡。

我从历史角度审视哈姆雷特的方法，侵犯了卢卡奇的唯物主义艺术史的垄断权。我切身体会到这种侵犯意味着什么。

五

没想到，我竟沦为妨碍工作者、破坏禁忌者、侵犯垄断权者。这可不是夸夸其谈地开玩笑，这个时代充溢着骇人听闻的犯罪。没有什么比构造各类新型违法行为更能标识出我们今天所处的境况了：交通上的新型违法行为例如纵酒，经济上的新型违法行为例如恶性竞争，更别提彻底政治意义上的各类新型违法行为了。经验和理性告诉我，妨碍工作、破坏禁忌、侵犯垄断都可以算是特别的犯罪行为。我也清楚，卢卡奇的唯物艺术观的垄断权拥有者都是果断的犯罪者。

对于一个老人来说，处在这样的境地还剩什么？其中最好的是坚定的觉悟和开放的自白。因此，我就在这里坦率地展现出来。除此之外，我必须把自己让位于思想的内在意义。我关于《哈姆雷特》的小书并非刻意打造之作，未经深谋远虑。书中的思考与文字都是自然而忠实的。我用歌德预言式的箴言开始了这段评注，请允许我引用康拉德·魏斯[①]（Konrad Weiss）两句预言式的诗句来结束：

> 我做我愿意做的，并承受所遇见的，
>
> 直到我所不愿的，赋予我文字意义。[②]

卡尔·施米特

1956 年 6 月 12 日

---

① ［译注］康拉德·魏斯（1880—1940），德国天主教诗人，20 年代与施米特相识，成为那个时代施米特最欣赏的诗人之一。施米特在书信、日记、札记中不断推荐、引用魏斯的诗歌。

② ［译注］施米特在书信中多次引用魏斯的这段诗歌。例如，他曾在信中用这几句诗来祝贺荣格尔的生日，见 1953 年 3 月 24 日施米特致荣格尔的信；又如，在出版商欧根·狄德里希家中举行的讨论夜上，施米特也是用这几句诗来开场的。

4

《哈姆雷特——玛丽·斯图亚特之子》序言

　　伟大的剧作《哈姆雷特》，其主要情节、主要人物就是将一位真实存在过的国王的故事戏剧化。他就是詹姆士·斯图亚特，玛丽·斯图亚特之子。詹姆士的父亲被谋杀，母亲在丈夫死后不久便嫁给了凶手。玛丽·斯图亚特的所作所为令人发指，简直就是：

　　　　杀死国王，

　　　　并与王兄结合。

　　莎士比亚的《哈姆雷特》直接源自那个时代，戏剧受到现实的直接影响，其中蕴含着其时其地的全然历史现实性。古老的斯堪的纳维亚传说不过是其表面框架，从历史角度比从传说角度更能正确地阐释该剧。众所周知，伟大的俄罗斯作家列夫·托尔斯泰曾

— 116 —

猛烈抨击莎士比亚的剧情粗陋愚蠢，但这位天才的俄罗斯人应该特别关注一下《哈姆雷特》，因为被他说成"粗陋愚蠢"的情节其实正是历史事实，而这就意味着，他的批评针对的是世界历史，而非莎士比亚戏剧。

丽莲·温斯坦莉在这本书中得出令人震惊的结论：莎士比亚的《哈姆雷特》重现了当时历史中的人、事、境，主要是詹姆士一世与其母玛丽·斯图亚特生活中的人、事、境，颇为具体，直至细节。詹姆士的悲剧性遭遇：其母与杀父者结婚，而根据英格兰人的普遍看法，她本人知晓并参与了这起谋杀。这也正是哈姆雷特的悲剧性遭遇之核心所在。不同于希腊神话中的俄瑞忒斯特，哈姆雷特一直以特殊的方式保护着他的母亲。莎士比亚的这部戏剧诞生于 1600 年至 1604 年之间，并在伦敦的剧院上演。同时，苏格兰国王詹姆士于 1603 年在伦敦登上了英格兰王位，他就是玛丽·斯图亚特与其被谋杀的丈夫约翰·达恩利公爵之子，其父被其母的第二任丈夫伯斯威尔伯爵以骇人听闻的手段残酷杀害。对于剧作家及每个演员和观众，这些可怕事件正是当时的直接现实。

《哈姆雷特》虽然是面镜子，却并非这一历史事实的纯粹翻版。它不是所谓影射戏剧，也不是古代版的"每周新闻纪实"。但它更不是纯粹凭空臆想编造出来的故事，我们不可能无视剧中对当时历史的明显呈现。年轻的詹姆士国王的遭遇被搬上舞台，展现在王室与伦敦观众面前。尽管所有悲剧都描述可怕的事件，但一个可怕的历史现实与一部令人胆战的戏剧的直接相遇，在悲剧史上依旧极其罕见。古希腊悲剧的观众看见并听见俄狄浦斯、阿伽门农和俄瑞忒斯特的悲惨故事，但他们并非俄狄浦斯、阿伽门农和俄瑞忒斯特的同时代人，他们不会将悲剧故事视为自己眼前的时代命运。埃斯库罗斯时代的波斯人在希波战争后随即就在《波斯人》中登上希腊剧场的舞台，这部悲剧虽然已经展现出一些哈姆雷特式的对时代历史的呈现，特别是当薛西斯一世①出现在圆形剧场的时候。但即便如此，两者的区别还是巨大的，因为薛西斯一世本人、皇室和他的臣仆并未作为希腊剧院的观众观看这出悲剧。而莎士比亚却借用了一个极易被识破的伪装——

①〔译注〕指阿契美尼德王朝的波斯国王，在埃斯库罗斯的悲剧《波斯人》中，薛西斯一世召集海陆大军去讨伐希腊，尤其是为他的父亲大流士一世在马拉松战役中被雅典大军打败报仇。在最后"退场"部分，剧作家写了薛西斯一世在波斯军队全军覆没后直接上场的场景。

古老的阿姆莱斯传说，将一出关于英格兰当时新王室斯图亚特家族历史的戏剧搬上舞台并在伦敦上演。最令人讶异的是，这出伟大戏剧的故事直接源于时事。莎士比亚的国王剧在以下意义上是历史剧：演员与观众将舞台上发生的可怕事件视为过去的历史，或许涉及他们的父亲或祖父，但绝非他们自己生活的时代，不涉及当下的现实命运。然而在时间、地点和情节上，莎士比亚的《哈姆雷特》却具有戏剧与历史现实的极端共时性。

戏中戏

该剧反映了1600年前后的生活气息，这正是从文艺复兴到巴洛克的转折期。这一时代的人感到，他们自身的历史活动就如同戏中场景，他们所言所行犹如在舞台上。人类的居所——地球，对于他们来说就是个剧场。整个世界是舞台，世界历史是一场戏。他们就生活在生活的大戏中，以"欧洲戏剧"的方式演绎着他们的政治和战争行动。在其存在的这种"戏剧性"中，他们理解并寻找到了自我。

同样，国王与当时的朝臣也感到自己成了现实生活这场大戏中的行动家，自觉在场于时代的政治舞台，政治的高度即观众面前高起的舞台。现实中的哈姆雷特——詹姆士国王，对此多有思虑，常常在文章与书信中表现出这种作为历史人物的舞台感。他曾以感人的方式郑重劝诫他的儿子——后来被克伦威尔处死的查理一世——永远要记住，一个国王是站在舞台上的，所有目光都聚焦在他身上，任何一个错误、任何一次失足，都会即刻在舞台的聚光灯下被放大。

个人历史性存在的戏剧化、政治人物的舞台感属于那个时代，而且在当时的英格兰表现得相当强烈且直接。而这种戏剧化或许并非一种"弱化"，而意味着一种力量的升华，尽管也许恰恰是《哈姆雷特》展现了这种表面"弱化"的最初症状。无论如何，《哈姆雷特》还不是之后在法国出现的那种对文明社会的戏剧化，法国这个欧陆国家将让人民与社会"文明化"了。3P——Politik，Polizei 和 Politesse（政治、警察和礼仪）像一架奇特的三套马车，构成了欧陆国家性。这三者共同作用，得以从野蛮的事件、从莎士比亚时代戏剧的血腥中，制造出智慧密谋或教育主题。莎士比亚的戏剧是残暴原始的，是刚性的。它还不属于过去词义上的"政治的"①，而仍是很野蛮的。主人公以生命为赌注进行表演，而观众也不仅是观众——他们以生命为赌注观看眼前之戏。

他们还不是18、19世纪的观众，还不是席勒的观众，可以将世界历史看作一场世界大戏，享受其中的悲剧性以丰富自我，正如席勒在《向艺术致敬》中这样描写戏剧的特质：

> 以它的深度、它的高度，
>
> 我将生活在你面前展开，
>
> 当你看完世界这场大戏，
>
> 就能更丰厚地回归自身。

在莎士比亚时代，戏剧还不是人类无罪的领域，观众可能付出的代价远比入场费更多。16世纪的英格兰与后来的那种戏剧的教育性、娱乐性还相距甚远。《哈姆雷特》的主要人物是同时代人，它关乎观众自身的命运，既不是唬人哭的假戏，也不是某种伦理准则

---

① ［译注］施米特上文所用的三个词——Politik、Polizei、Politesse均出自同一语源，即希腊文polis，意为"管理的，城邦的"，因此这里的politisch（政治的）一词与"野蛮的"相对应，有受到文明管制的意思。

或审美教育的模版。它本是历史现实之戏，这历史现实又反过来作为一出戏被观众重新感受。它使现实变得更加现实，具有升华了的现实性。通过对当时的现实事件的戏剧化和舞台化，莎士比亚的这部伟大剧作获得其诗意启示，并更进一步获得它作为现代戏剧的本质。它是剧中剧、戏中戏，这也就是说，它具有最强的现实性和最贴切的真实性——它直接发生在当时当地。

　　就这样，莎士比亚的《哈姆雷特》在大约1601年诞生了，它作为当时生活的一场戏中戏在伦敦上演。对于剧作家、所有演员和观众而言，剧中年轻的哈姆雷特就是他们的英格兰和苏格兰国王詹姆士，他们都了解他的遭遇，他父亲的被害，他母亲与凶手的婚姻，知道无论是廷臣还是廷臣的随从，或是对宫廷阴谋饶有兴趣之辈，总之所有国王的臣仆，都直接参与了事件的发生。莎士比亚本人在那事件发生前不久，即伊丽莎白女王在位的最后几年，被牵连进埃塞克斯伯爵的阴谋中去。莎士比亚是被判死刑的南安普顿伯爵以及被处死的埃塞克斯伯爵两人的亲信。詹姆士的父亲被害，母亲与凶手的婚姻，热衷进行哲学与神学思辨的国王所表现出的顾虑与软弱，这些对于剧作家、演员和观众都是当时的现实，就如同哈布斯堡的鲁道夫皇太子之死与"迈尔林的悲剧"① 于 1889 年的维也纳观众，或是"罗姆政变"② 于 1934 年的柏林观众一样。想象一下，在维也纳或柏林，这样直指当下事件的戏剧以同样的方式在掌权者和首都观众面前被搬上舞台，这正如同 1603 年至 1605 年间将詹姆士的命运确确实实搬上伦敦舞台。我并不是想说，当下现实性就能造就伟大的艺术作品。但可以肯定的是，这种当下现实性与参与性对莎士比亚戏剧来说是本质的，因为他的作品本不是为一群持中立态度或漠不关心的观众而作，不是为后世而作，而是为当世而作，成为一部当时现实的剧中剧。

《哈姆雷特》第二幕中著名的"戏中戏"是现实的双重过滤，是戏剧力量的升华。在剧中被搬上舞台的现实又一次在舞台上重现。这种形式的戏中戏唯有这样才可能获得意义：现实生活的真相本身被当作一出戏，这是第一层的戏；结果这出戏本质上又成了生活

---

① 〔译注〕指奥匈帝国皇帝弗兰茨·约瑟夫一世与伊丽莎白（即茜茜公主）的独子鲁道夫于 1889 年与情人在维也纳郊外的迈尔林宫殿一同殉情自杀。
② 〔译注〕即"长刀之夜"，是发生在 1934 年 6 月 30 日至 7 月 2 日的纳粹清算行动。希特勒因无法控制纳粹冲锋队的街头暴力，并将其视为对自己权力的威胁，故欲除去以罗姆为首领的冲锋队。

的戏中戏，这是第二层的戏。只有这时，双重影射才会出现，戏中戏才会得到升华，而不会导致戏剧性的消解。在任何其他情况下，这种戏都会单纯变成演员在戏里演戏，这就意味着演员卸下假面，让观众看到幕后的情景，看到演员的个人情况和社会处境。这在《哈姆雷特》的这一幕中也稍有体现，但正是这一点使差别和对立更为明显。

在《哈姆雷特》中，此类戏中戏只是初露端倪，几乎难以察觉。戏中戏完全服务于整部作品，没有破坏情节的严肃性，主角还未分裂为假面和演员。《哈姆雷特》中关于戏班子的几场戏与《基恩》（大仲马晚年的一部作品，内容是展现一位著名的哈姆雷特饰演者作为演员的悲剧①）那类关于演员的戏剧有天壤之别，更别说 19 世纪后期展现丑角悲剧性的那些作品了。相反，《哈姆雷特》第二幕的戏中戏并非幕后戏，而恰恰必须被再次展现在幕前，就如同我们在委拉斯凯兹的油画中所见到的，所画的场景在一面镜子中被再次呈现②。现实被搬上舞台，又被再度彻底复制到戏中的

① ［译注］参见本书第 67 页注①。
② ［译注］这里指的应该是西班牙画家委拉斯凯兹的油画《宫娥》。画中背景中出现了一面镜子，镜中倒映出国王和王后的身影。

舞台上。这就必须要以作品的现实性为前提：只有自己经历的事件、自己体验的命运，才具有最直接的现实性，才能够被第二次表演，才能经受住双重的呈现。

《哈姆雷特》的秘密就是与它诞生的时代之间毫无间隙的、理所当然的同时性。这部戏剧不是为后世，而是为彼时裹挟其中的共同承受者、直接参与者所作。这就是在场的现实性核心，它使这出不可思议的戏中戏成为可能。这一核心蕴含的神秘力量又将这部作品从其诞生的时代和地点带到后世，它并未改变主人公与其面貌，几百年来人们却赋予它上千种阐释与象征意义。这一核心并非杜撰出来的故事，也不是借用的传说，更不是被戏剧性利用的历史。这一核心保护了历史事件、历史现实的独一无二性，而剧作家、演员、被演的角色和观众都浸润于同一历史现实中。这部作品的神话力量由此源泉中产生。

古希腊悲剧从神话中获得生命，神话的核心也包含历史现实。但这类古典悲剧并非戏剧意义上的剧作，因此它并非诞生于其所处时代独一无二的历史事件中。国王的儿子哈姆雷特/詹姆士不是俄瑞忒斯特，他的母亲玛丽·斯图亚特/乔特鲁德也不是克吕泰涅斯特拉。莎士比亚的剧作正是作为舞台剧，从独一无二的历史

— 125 —

瞬间中获得了长远的生命力。这部作品就源自这一历史瞬间，它将这一瞬间搬上了舞台。通过这种方法，历史瞬间造就了一个神话，一个新神话。而古典悲剧则需要依靠某个现有的、流传下来的古老神话故事才可成戏。所以在古典悲剧中不存在悲剧中的悲剧，因为这将与其本质相违背，很可能导致明显的、讽刺性的自我毁灭。相反，《哈姆雷特》第二幕中的戏中戏则是一次伟大的实验，它在尝试提问，历史现实的核心是否也有能力通过戏剧的形式缔造出新的神话。

关于时代历史现实的剧作中诞生的神话

温斯坦莉在她的书中对历史人物与戏剧人物的一致性作出了细致有趣、简单明了的论述。她把读者从理想主义的迷宫和浪漫主义的自我影射梦境中带出，引入严峻的事实。奇思幻想式阐述的迷雾散去，心理学阐释的星火熄灭。独一无二的历史现实露出庐山真面目，这是一个真实的国王形象以及他具体的命运。

詹姆士一世是哈姆雷特的原型，这就是莎士比亚这部戏剧的核心。哈姆雷特的全部问题，他的抱怨和思索、复仇任务的失败、在行动上的犹豫与软弱，这一切都是历史现实，由此才产生了这部作品。在核心处，詹姆士一世的境遇与哈姆雷特的境遇是一致的。这就是用戏剧呈现历史的原始现象，这是在我们听凭幻想肆意之前，在赋予它更多阐释和象征意义之前，有必要做出的结论。各种各样阐释下的作品是美好而丰富的，却仍然必须与历史现实中的原型相结合，不然就会被消融在纯粹的浪漫和主观机缘性里。

伟大诗人造就作品的持久性，他们写下值得留存的东西。抒情诗人创作的持久性不同于史诗诗人，也不同于利用神话源泉创作的古典悲剧诗人。莎士比亚所创造出的持久性又别具一格，它源于彼时世界独一无二的现实，他成功地将这种现实传诸后世。须知，这类伟大戏剧的原型不是任何社会学或思想史意义上的影射或典型。当然，莎士比亚戏剧中也有极致的典型，比如福斯塔夫是个完全的贵族，就如同堂吉诃德在塞万提斯的小说中是沉溺于幻想的没落骑士的典型。但即使在这种典型人物上，戏剧与小说的区别也是明显的：相比小说，源于独一历史的伟大戏剧离其原型更近，戏剧的观看性、舞台的情节性、现实生活的戏中戏都和它有关，任何一部伟大的戏剧作品都是这样。

詹姆士一世并非他那个时代国王的典型，甚至也不是英格兰国王的典型。他只反映出典型的斯图亚特家族的命运。他身处历史事件的夹缝中：父亲被谋杀，母亲玛丽·斯图亚特与他的儿子查理被处死，另外，他的孙子詹姆士二世从英格兰逃亡。詹姆士是斯图亚特家族中极少几个自然死亡的成员之一，或许可以从心理学角度解释他的行为：重重顾虑使他行事谨慎，而这又反过来证明了他处境的危险。最重要的是，詹姆士是代表君权神授观点的先锋人物，他虽然从未在历史行动中守住这种权利，却在神学讨论中反反复复探讨王权的神圣性。

《哈姆雷特》是莎士比亚向詹姆士提出的唯一一次恳求，他恳请国王不要将君权神授观仅仅局限于思考与讨论中。可惜到了 18、19 世纪，哈姆雷特的阐释者们已经完全无法以这位国王的立场来考量了。18、19 世纪的国王已成为国家的元首，以暴力方式杀死国王只是革命的偶然，神学讨论也已不再能引起公众的兴趣。1601 年剧作家还无法预见詹姆士并未死于非命，不过即使莎士比亚能预见，也不会让剧中的主人公自然死去。詹姆士在世界大舞台上处于众多以暴力方式被杀害的人群之中——父亲被谋杀，母亲与儿子被处死，所以剧作家将死于暴力作为主人公的命运写入作品，并非随便偏离事实，也不是作家的任性见解，而是彼时历史的一个组成部分，《哈姆雷特》便源自于此。这是一个被戏剧化了的真实国王，他在现实中反复思索、论述王位的神圣性，他在舞台上至少仍能像个国王般死去。

一位命如詹姆士一世的国王与其家族的命运是无法简单典型化的，更不能被中立化和一般化。这一人物形象与其悲剧性境遇如此独特，以至于无法被抽象化，除非丑化这部戏，将主角变为丑角。历史上的詹姆士一世就是具体戏剧中的哈姆雷特，就如莎剧中的英王查理三世正是历史上的查理三世一样。但历史上的查理三世已不属于莎剧诞生的时代，时间上的距离可能产生效果上的间距感。詹姆士被伪装成哈姆雷特，以及引入古老的丹麦传说都是必须的，为的是使戏剧的时代性免受当时混乱的日常政治侵害。借助传说、小说与历史故事的伪装，作品与时代的同一性反而获得了提升，伟大诗人用这种办法辩证地巩固了作品对现实的反映程度。他为时代现实蒙上面纱，制造薄膜般的中间层，使现实生活的火焰不至于直接熄灭。

历史中的詹姆士国王是戏剧中哈姆雷特的原型，因为作者通过作品向国王提出了一个请求，不要将国王神圣的权力、王权的神圣性浪费在反思与讨论中。即使是卑劣的克劳迪斯国王也援引君权神授观（第四幕，第五场）。因此，詹姆士并不是人物影射，也不是作品的纯粹动机，更不是纯粹模板。不幸的斯图亚特家族的历史并没有成为剧作家莎士比亚的历史素材，而对于剧作家席勒来说，玛丽·斯图亚特，奥尔良的圣女贞德，华伦斯坦或德利特利乌斯都不过是历史素材。

从莎士比亚戏剧与席勒戏剧的对立中，可以明显发现原型与戏剧性影射之间的不同。席勒根据个人偏好选择历史人物搬上舞台。作为剧作家，他的哲学与修辞学表现力极其出色，对历史与政治事件有天才式的理解，他年轻时期的剧作富有最强的时代表现力。但他不像莎士比亚那样能够理解并把握他所处的独一无二的历史现实，因此，他的戏剧是理想化的，他将历史提升到一般伦理和中立的人性层面上。席勒之所以能够成功地使作品流芳百世，依靠的是他的哲学与庄严说辞，而非如莎士比亚那样依靠所处历史中直接的在场性。因此，席勒戏剧中并没有哪个人物可以升华为神话，他的戏剧无法达到神话式的持久性，而顶多能被流传到更富学智结构的后世中。他的戏剧存在于读者的追忆与高雅素养的兴趣爱好中。或许席勒笔下众多的罪犯，特别是德米特里乌斯，仍可能在神话领域占有一席之地，倘若有人能实现全新的席勒形象，使他从上世纪的浓墨重彩中被释放出来的话。或许我们可以怀有希望，在即将到来的 1959 席勒纪念年①会因为马克斯·康默莱尔②（Max Kommerell）引发的开端而发生某些重要的改变。不过这是题外话，我们在此无须展开。

克莱斯特（Heinrich von Kleist）的情况与席勒不同，他比席勒更具历史意义，而格里尔帕策（Franz Grillparzer）又不同。我们无须在此发展一套具有普遍意义的戏剧理论，根据温斯坦莉的著作，根据原型与戏剧影射之间的关系问题，我们还无法就神话的本质下太多结论。但我们依旧可以说，古典悲剧源于神话故事，而伟大的莎士比亚戏剧则源自他所处的独一无二的历史现实。一旦作品获得了成就，就能跃升到神话高度进而缔造出新的神话。而抒情诗人与史诗诗人

① ［译注］纪念席勒诞生 200 周年。
② ［译注］马克斯·康默莱尔是 20 世纪上半叶的一位德国文学历史学家，也是作家和翻译家。他曾在海德堡大学师从弗里德里希·贡多尔夫学习日耳曼文学，并成为格奥尔格文化圈中的一名成员，担任过四年格奥尔格的秘书。他是德国比较文学的先锋式人物，也是席勒专家。他出版过《作为行动者形象的席勒》《作为心理学家的席勒》等关于席勒的专著。

无法身处历史现场的中心，因此也就不可能创造出神话性场景。

现代神话的最后一例是卡斯帕·豪泽尔（Kaspar Hauser）。其核心是一起独一无二的历史事件，1829[①]年圣神将临节后的星期一下午，纽伦堡空荡荡的集市广场上出现了一个17岁的年轻人，粗野、无助、愚笨，他拿着张纸条，上面写道："我叫卡斯帕·豪泽尔，我想成为一名骑士。"历史学家、法学家、教育学家和记者们都围绕这一奇特经历创作了传奇故事。[②] 出现过关于他的戏剧和长篇小说，直至伟大的抒情诗人保

---

① ［译注］此处应该是施米特的一个错误，约16岁的卡斯帕·豪泽尔是在1828年5月26日圣神将临节周一，犹如从天而降般出现在纽伦堡的一个广场上的。他几乎不会说话，看上去似乎有些智力低下，只是不停地用浓重的口音重复着奇怪的句子："我要成为一名骑士，就像我父亲那样。"当人们给他一张纸一支笔时，他用孩子般歪歪扭扭的笔迹写下"卡斯帕·豪泽尔"。被收养后，豪泽尔表现出令人瞠目的艺术天赋，也陆陆续续讲述了之前的经历：他从小一直被单独囚禁在一间黑屋子里，被喂以面包和水，只有一小木马与他做伴。在被带到纽伦堡之前不久，一个神秘的男子教会了他写自己的名字，还教会他说几个简单的词。不过"从天而降"后仅第二年，他身上就出现了一处来源不明的切伤，血流不止。他自称一个戴面具的男人袭击了他。此后，他又受到了多次不明所以的攻击，甚至有不少人怀疑他可能是自残。到了1833年，他带着一处致命的刀伤回家，几天后便不治身亡。因此豪泽尔神秘地出现在纽伦堡后第五年，他又神秘地死去了。
② ［译注］这个仿佛从未受过任何世俗污染的神秘男孩引起了国际社会的兴趣，受到了诸多学者的关注，各地的精神病医生、社会心理学家、历史学家、教育学家、语言学家都竞相来采访他，并作文著书讨论"豪泽尔现象"，因此出现许多关于他的作品，例如德国法学家安瑟姆·封·费尔巴赫（Anselm von Feuerbach）以及收养豪泽尔的宗教哲学家格奥格·弗里德里希·道默尔（Georg Friedrich Daumer）关于豪泽尔所写的回忆录与研究作品。

罗·魏尔伦（Paul Verlaine）的卡斯帕·豪泽尔之诗被斯蒂芬·格奥尔格与理查德·德梅尔（Richard Dehmel）译成德文[①]，特拉克尔（Georg Trakl）又将这一传奇故事上升为神话，将这个来历不明的可怜家伙的具体命运提升为被遗弃、被放逐的形象[②]。没有任何一个勤奋的、资金充足的历史学家协会，没有任何一个国内或国际记者协会能够做到这几个穷诗人做到的结果。但从另一个方面来说，也没有任何伟大的诗人可以杜撰出整个卡斯帕·豪泽尔神话的核心——这就是卡斯帕·豪泽尔独一无二的具体历史。诗人所添加进去的诗意创造，都是因这独一的历史核心需要，从现实中的事件出发，达至神话的高度。

　　神子阿喀琉斯有荷马歌颂其作为，于是诞生出伟大的史诗，其光辉至今还在照耀着我们。卡斯帕·豪泽尔这个 19 世纪被放逐的孩子，通过抒情诗人被流传至后世。他那灰暗的命运并不属于舞台灯光。如果他

---

① ［译注］格奥尔格于 1905 年将比利时诗人魏尔伦 1873 年的法语诗《卡斯帕·豪泽尔之歌》（*La Chanson de Gaspard Hauser*）译成德文，改名为《卡斯帕·豪泽尔歌唱》（*Kaspar Hauser singt*）。
② ［译注］指特拉克尔死后出版的诗集《梦中的塞巴斯蒂安》（*Sebastian im Traum*）中的诗歌《卡斯帕·豪泽尔之歌》（*Kaspar Hauser Lied*）。这首诗可以说是所有围绕豪泽尔的文学中艺术价值最高，也最具阐释空间的。关于这首诗的阐释，可以参见拙文《跨越生死界限的头颅——特拉克尔的〈卡斯帕·豪泽尔之歌〉》，载《外国文艺》2019 年第 1 期，页 106—114。

那在灰暗中坠落的命运不是通过诗歌，而是通过戏剧被带到人们面前，那么就必须为这灰暗打上灯光，这个被弃置一边的孩子周围就会被安插上王位继承之战，或者宫廷戏的阴谋故事①。如果要问，莎士比亚是否会比如今尝试将其戏剧化的作家做得更出色，这个问题虽然多余，却意味深长。19 世纪的神话卡斯帕·豪泽尔如今只找到了抒情诗人，而没有找到伟大的剧作家。而相反，可怜的詹姆士一世，身处母亲与儿子双双被处决的历史中，他的臣仆中却出现了一位伟大的剧作家，将国王与国王的命运搬上舞台，展示给国王本人和他的臣仆子民，而且是在 1603 年后的伦敦——国王命运的所有细节对彼时的王室与民众来说都还是当下的现实。

神话具有变形的潜力，因而围绕着哈姆雷特这个人物的阐释、身份的认同、象征的游戏无止无尽。数不清的瞻前顾后者、分裂者、失败者都在哈姆雷特身上重新认识了自己。关于哈姆雷特与俄瑞斯忒斯之间关系的解读、母权的问题、甚至宇宙学角度的解读都

① [译注] 事实上，关于豪泽尔身世的各种说法中就有所谓的"王子论"，认为他曾经是巴登皇室的太子，一出生就被一个死婴调包了。不过这最终还是成为一宗历史悬案，甚至 20 世纪末的基因分析研究都未提供确定的答案。

已被尝试过了。1848年欧洲革命时期的一位政治诗人费迪南德·弗赖利格拉特曾语气坚定地断言：德国是哈姆雷特。所有阐释的汇编与各类描述形成了思想史上自成体系的一个美好主题。重要的是，莎士比亚戏剧塑造了新的神话，不仅富有多变性与多义性，而且在戏剧中保存了现实的核心，由此使在舞台剧中再现历史成为可能。

我并不是说，任何作家只要将时代历史中的事件搬上舞台，就能成为比席勒更伟大的剧作家。这种跳跃很少能成功，尝试的人必须知道这是个大赌注，并非通过努力与不懈、勇敢和狂妄就可达到。关于哈姆雷特与詹姆士，只要参考温斯坦莉不同寻常的解释。她在此后的著作中继续以这种方式进行研究，1922年出版关于《麦克白》与《李尔王》的专著，1924年出版关于《奥赛罗》的专著，由此发展出一套理论：莎士比亚那些伟大的剧作都以神话性的象征力代表着历史上某些重要王权与人物。这是个特别值得讨论的重要新课题，留待另述。这本书提供了十分重要的材料，首先证明《哈姆雷特》是对当时历史的表现。

温斯坦莉的这本书已有其自身的命运，并在漫长的莎士比亚戏剧阐释史上自成一章。优秀的作家常常在莎剧作品中找到历史关联，尤其是关于《哈姆雷特》的研究，我们可以罗列出一个辉煌的名单：从 18 世纪的斯蒂文斯（Steevens）和彭普特雷（Plumptre），到格尔特（Gerth，他在 1860 年的系列讲座中参考了丹麦和波兰的历史），卡尔·埃尔兹（Karl Elze，1876），马丁·克鲁马赫（Martin Krummacher，1877 年为埃尔伯菲尔德实科学校做的项目），弗里德里希·泰奥多·费舍尔（Friedrich Theodor Vischer），乔治·勃兰兑斯（Georg Brandes，1896），让·朱塞兰德（Jean Jusserand，1904），安德烈骑士（André Chevalier，1916）以及其他许多人，再到在德国引起广泛关注的约瑟夫·格雷格尔（Joseph Gregor）的最新版的莎士比亚专著（1948）。这里还必须特别提到卡尔·西尔伯施拉格（Karl Silberschlag）1887 年一篇关于"莎士比亚的《哈姆雷特》，其来源于政治关联"的文章（莎士比亚年刊第十二卷，页 261—289）。西尔伯施拉格再次概述了他 1860 年在《晨报》上就发表过的观点，因为他的观点得到了格尔维努斯、乌尔里希（Ulrici）和弗里德里希·泰奥多·费舍尔等人的赞赏。西尔伯施拉格 1877 年的这篇文章也被德国评论家拿来质疑丽莲·温斯坦莉论点的独创性。

事实上，这位英国莎士比亚女学者所做的事更了不起。在她之前，所有对《哈姆雷特》与时代历史关联的关注还没有超越 19 世纪以心理学、美学式主观性研究占据绝对主导地位的局面。这些研究将哈姆雷特变成了文学上的蒙娜·丽莎。艾略特的一句话很好地表明了这一点：对于歌德来说，哈姆雷特成了维特，而对于柯勒律治，哈姆雷特成了他自己。温斯坦莉的书构成一个重要的转折点。这本书在英国受到苦涩的排斥并不足以为奇，因为英国人在迄今为止围绕莎士比亚的话题中获得了快乐、安全、惬意的感觉。一位著名的苏黎世英国文学专家在 1924 年曾尝试在英吉利副刊（35 卷）中彻底否定这本恼人的书。他认为这个论题不但过时，而且早已被超越了，他强调了温斯坦莉的错误与不确切之处，并最终疾呼："无趣的詹姆士，是哈姆雷特的原型——在这样的荒谬前，谁还可以保持严肃？"如今，这位不幸的英国国王的生活、命运与想法，对于今天的我们要比那位 1924 年自负的英国文学专家有意思多了，后者与不幸的詹姆士国王不同，他找不到能够将他的命运以适合那个时代的间距效果搬上舞台的莎士比亚。

　　而在真正的批评家眼中，温斯坦莉这本哈姆雷特专著恰恰给他们留下了深刻的印象。这本书极大肯定了以客观阐释法展开研究这一必要转折，它的影响在之后许多关于伊丽莎白时期戏剧与观众的研究中也可见一斑，虽然温斯坦莉的名字并未被提及。莎士比亚研究与阐释史的作者奥古斯图·莱利（Augustus Ralli）在牛津大学出版社出版的两卷本《莎士比亚评论史》中特别详细地介绍了温斯坦莉的著作，并给予高度肯定。他当然也提出了问题，用这种历史的眼光解读莎士比亚，会使莎士比亚变得更伟大，抑或相反？他认为，根据温斯坦莉对《麦克白》与《李尔王》的阐释，莎士比亚时代中历史事件的光芒正如同普罗米修斯所盗之火一般。

我们欢迎这样的比较。这种比较如果被正确理解，可以帮助我们看清问题的核心。普罗米修斯从神话中的诸神那里取火，而伟大的戏剧家从他那个时代的历史现实中找到火种。凭借他的戏剧艺术，他所做的比自我"激发"更多。他将其时代独一的、不可重复的现实提升到了神话的持久度，而且没有破坏历史核心。我们借助温斯坦莉这本书注意到这一伟大的过程，超越了学究式的矛盾困惑，并理解了欧洲历史的一个重要事件：从一部展现历史现实的戏剧中诞生了哈姆雷特神话。

编者后记

格尔特·吉斯勒

施米特的日记中俯拾皆是论述莎士比亚与他伟大戏剧的地方。但长期以来，日记中出现的中心人物不是哈姆雷特，而是奥赛罗，后者的弄虚作假让施米特产生了强烈的厌恶情绪①。通过对世界强国西班牙与伊丽莎白时代的英格兰之间的斗争、对英国内战和霍布斯的了解，施米特熟悉了16、17世纪之交及此后的世界历史进程。20世纪50年代初，他读到了丽莲·

---

① 卡尔·施米特，《上帝的阴影，内省，日记与书信》（*Der Schatten Gottes. Introspektionen，Tagebücher und Briefe*），编辑：格尔特·吉斯勒、恩斯特·胡斯默特、沃尔夫冈·施宾德勒，柏林，2014年；卡尔·施米特：《1930—1934年日记》（*Tagebücher 1930 - 1934*），编辑：沃尔夫冈·舒勒协同格尔特·吉斯勒，柏林，2010年；卡尔·施米特：《语汇，1947—1958年札记》（*Glossarium. Aufzeichnungenaus den Jahren 1947 bis 1958*），新版包括扩充、修订及评论，编辑：格尔特·吉斯勒、马丁·提尔克，柏林，2015年；安德利亚斯·霍夫勒，《没有哈姆雷特：从尼采到卡尔·施米特的德国莎士比亚》（*No Hamlets：German Shakespeare from Nietzsche to Carl Schmitt*），牛津大学出版社，2016年，第五章"小奥托：卡尔·施米特与威尼斯的摩尔人"，页160—191。

温斯坦莉的《哈姆雷特与苏格兰王位继承》（剑桥，1921）① 一书，该书出版时恶评如潮，此后就鲜为人知了。施米特的女儿阿尼玛为奈斯克出版社将此书翻译成德文，施米特为德译本撰写了一篇充满赞誉的序言②。这篇序言开启了他的莎士比亚研究，他尤其针对的是将莎士比亚戏剧理解为具有天才式审美的独立艺术作品的那种主观阐读。与此相反，施米特在自己的小书中进行了效果审美式阐释，包括将作者和观众都纳入其中的"共同公众体"所经历的时代历史。

施米特为此研读了许多文献，并称"莎士比亚学是个无底洞"③。1952 年 10 月 25 日，他在波鸿参加了莎士比亚协会的一场会议④，在不少通信中提到了这一点。1955 年 10 月 30 日，他在杜塞尔多夫市民大学进行了一场关于《哈姆雷特》的讲座，《哈姆雷特还是

① 丽莲·温斯坦莉（1875—1960）还写过另外两本关于莎士比亚的专著：《〈麦克白〉、〈李尔王〉与当代历史》（›Macbeth‹，›King Lear‹ and Contemporary History）（剑桥，1922）、《作为意大利悲剧的〈奥赛罗〉》（›Othello‹ as a tragedy of Italy）（伦敦，1924）。充满批评性的对谈出自伯恩哈特·费尔，见《盎格利亚》（Anglia）35 期副刊（1924），页 1—16。
② 丽莲·温斯坦莉，《哈姆雷特，玛丽·斯图亚特之子》，翻译：阿尼玛·施米特，普夫林根出版社，1952，页 7—25 为卡尔·施米特的序言。
③ 卡尔·施米特，《与一个学生的通信集》（Briefwechsel mit einem seiner Schüler），编辑：阿尔敏·莫勒协同依尔姆加特·胡恩、汤姆森，柏林，1995 年，页 126。
④ 同上书，页 133。

赫库芭》的文本就是由此而来的。奈斯克出版社拒绝
了施米特所选的这一标题后，他通过赫伯特·奈特
（Herbert Nette）的介绍与狄德里希出版社达成协议，
这本小书于 1956 年 4 月底出版，首印 1000 册①。

作者对这本书获得的反响并不满意，出版后书评寥
寥，仅有瓦尔特·瓦纳赫在《法兰克福汇报》以及吕迪格
尔·阿尔特曼在学生期刊《公民》上发表过两篇。《明镜》
上的一篇对谈显得很谦恭，至多像是为书打广告。② 各

---

① 莱恩哈特·梅林，《卡尔·施米特传记，上升与陨落》（*Carl Schmitt.
Aufstieg und Fall. Eine Biographie*），慕尼黑，2009 年，页 502；关于书
名参见施米特在《语汇》页 340—341 中的记录。1962 年施米特将文稿从
狄德里希出版社撤走，因为他不愿意将自己的书与多恩霍夫的书放在一个
系列里出版。

② 瓦尔特·瓦纳赫，《法兰克福汇报》，126 期，1956 年 6 月 2 日（文学版）；
吕迪格尔·阿尔特曼，《公民》（*Civis*），基督教民主政治期刊，18 辑
（1956），页 39；《母亲是禁忌》，载《明镜》，35 期，1956 年 8 月 29 日，
页 41—42。直到近来才出现了对这本书的批判性研究，尤其是从施米特
晚期的历史神学思想维度，见安德利亚斯·霍夫勒，《时代的侵入：施米
特读〈哈姆雷特〉》（*Der Einbruch der Zeit：Carl Schmitt liest Hamlet*），巴
伐利亚科学院，哲学历史学班，会议报告，慕尼黑，2014 年，第三册，
页 41。此处也刊印了瓦纳赫与阿尔特曼的书评。该书英译本《提勒斯出
版社，纽约，2009）出版时，他也提出过批判性意见，见安德利亚斯·霍
夫勒，《普莱腾堡的哈姆雷特：卡尔·施米特的莎士比亚》（Hamlet in
Plettenberg: Carl Schmitt's Shakespeare），载《莎士比亚研究》（*Shakespeare
Survey*），65 辑，《仲夏夜之梦》，编辑：彼得·霍兰德，剑桥，2012 年，
页 378—397。尤其可以参考卡尔·施米特对瓦尔特·本雅明的影响，见
亚历山大·米诺斯科夫斯基的阐释，《悲剧的政治性剩余价值，论卡尔·
施米特〈哈姆雷特还是赫库芭〉中例外状态的剧评》（*Der politische
Mehrwert des Tragischen. Zur Dramaturgie des Ausnahmezustandes in Carl
Schmitts Hamlet oder Hekuba*），载《例外状态的文学》（*Literatur des
Ausnahmezustands*），编辑：克里斯蒂娜·弗萨卢扎、保罗·皮诺佐，沃尔
兹堡，2015 年，页 267—298。

大学术期刊则彻底无视了这本书，可能是因为该书涉及丽莲·温斯坦莉。因此，施米特利用 1956 年 6 月 12 日在出版商狄德里希家中举行讨论夜的机会，以《我做了什么?》为题进行了一次自辩。此时，他的兴趣已不再是戏剧本身，而是哈姆雷特神话在历史中持续的生命力。这段时间，他经常寄出带有所谓哈姆雷特曲线标志的问候卡片，例如在 1956 年 8 月 1 日就寄给过恩斯特·荣格尔（Ernst Jünger）[1]。

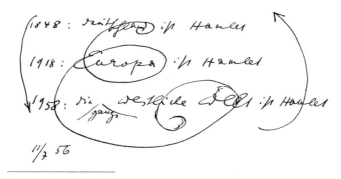

[1] 《恩斯特·荣格尔和卡尔·施米特，1930—1983 年通信集》（*Ernst Jünger-Carl Schmitt. Briefe 1930 -1983*），斯图加特，2012 年，页 10。见施米特在《语汇》页 349 中画的哈姆雷特曲线；此外，施米特在《哈姆雷特还是赫库芭》手稿封面上还画过一个加长版的哈姆雷特曲线（手稿编号：RW 265，Nr. 24327）："西方世界的象形文字：1）1848：德国是哈姆雷特（弗赖利格拉特、博尔纳、格尔维努斯、海涅等，见原书页 11、54）；2）1900：整个世界是哈姆雷特（奥伯利·比亚兹莱）；1918：欧洲是哈姆雷特（保罗·瓦莱里，1918—1919 的论文和演讲集）；1968：美国是哈姆雷特（阿德莱·斯蒂文森，《伊利诺斯州的哈姆雷特》）；1979：罗马天主教会是哈姆雷特（教宗若望二十三世论他的继任者教宗保禄六世，《圣座上的哈姆雷特》）。"旁边还有很多小横线，例如从 1555 年的维腾堡到 1970 年的海德堡，等等。

西方世界的象形文字

1848：德国是哈姆雷特

1918：欧洲是哈姆雷特

1958：整个西方世界是哈姆雷特

1956 年 7 月 11 日

为恩斯特·荣格尔誊写

卡尔·施米特

（哈姆雷特曲线）

　　1957 年 1 月 21 日，施米特在亚琛工业大学一场名为《作为当代神话形象的哈姆雷特》的报告中重提这一主题。在这场报告中，施米特依旧没有涉及太多关于哈姆雷特对詹姆士国王的影射，而是重点描述了在世俗化的现代，当人们对戏剧的审美兴趣与严肃的政治和宗教逐渐脱离之际，神话却依旧具有历史效用力量。从启蒙运动和浪漫主义时期的哈姆雷特形象，以及哈姆雷特形象通过市民革命而产生的政治现实性出发，他将这条线索一直延展到马克思主义和西方自由主义的最新阐释。欧洲知识分子逐渐适应了自由主义文化，在"反省与讨论"中消磨自己。① 施米特得出的结论是，古老的神话已走到了尽头，欧洲已经没有能力在一个"中立化的时代"将自己的历史作为神话来理解，也无法对抗这个时代。寻找哈姆雷特的亡魂也表现了这一点：施米特不在知识分子中，而是在政治阶层的代表人物中寻找哈姆雷特的亡魂，寻找道成肉身的"延迟者"（即"拦阻者"）。这成为施米特的历史神学观，他认为"延迟者"能够承担起"拦阻终末到来，抑制邪恶"的力量。②

卡尔·施米特对《哈姆雷特》的阐释直到今天依旧备受争议。这从他与朋友及一些同时代人的书信中就可见一斑。例如恩斯特·荣格尔就说他"总是对一些旁枝意图进行猜测"③。像古斯塔夫·施泰恩伯默尔

---

① 施米特遗物中有两页印刷稿和演讲大纲（手稿编号：RW 265，Nr. 20311）；参见霍夫勒，《时代的侵入》，页 28，梅林，《施米特传记》，页 503—504。

② "延迟者"（或作"拦阻者"）自 20 世纪 20 年代中期开始就是施米特的一个核心主题，或许是埃里克·彼得森将这个概念介绍给他的。见施米特，《语汇》，页 47，85，294，313。参见沃尔夫冈·舒勒，《可是握着剑，施米特的"拦阻者"》（*Dennoch die Schwerter halten. Der Katéchon Carl Schmitts*），载《历史传统反思，马丁·亨格尔 70 岁生日纪念特刊》（*Geschichte-Tradition-Refl exion. Festschrift für Martin Hengel zum 70. Geburtstag*），编辑：胡伯特·坎辛克，图宾根，1996 年，第二卷，页 399—408，以及《"拦阻者"（〈贴后〉2：6—7）与敌基督》（*Il Katéchon [2Ts 2，6-7] e l' Antichristo*），载《面对失常之谜的神学与政治》（*Teologia e politica di fronte al mistero dell' anomia*）（"政治与神学" 2008/2009），莫塞利阿纳出版社，布雷西亚，2009 年。

③《恩斯特·荣格尔和卡尔·施米特，1930—1983 年通信集》，页 308。

（Gustav Steinbömer）这样的戏剧专业人士甚至还捍卫经验审美，并赞美被施米特否定的埃贡·维尔塔，不过也是点到为止。他在致施米特的信中称施米特"具有天才式的理解，认为悲剧诞生于与现实的交织，因此如果不去从内在审视历史，就无法构成悲剧……您书中对此有卓越的论述，因此我相信将这个基本论点运用到哈姆雷特上也是贴切的。但是您的论证中关于詹姆士国王与众不同的性格那一部分还是略显薄弱，缺少说服力，但关于王后之沉默的论述却引人入胜，发人深省"。[①]

最关键的反馈来自伽达默尔（Hans Georg Gadamer），他在自己的重要著作《真理与方法》（*Wahrheit und Methode*）中提到了施米特的这本书，言辞虽然充满敬重，却持否定态度，伽达默尔称作者遭受了一种"虚伪的历史主义"[②]的影响。施米特为此十分生气，他

---

① 埃贡·维尔塔 1956 年 9 月 6 日致施米特的信，存施米特档案馆，手稿编号：RW 265，Nr. 17308。埃贡·维尔塔（1903—1959），批评家、剧评家、作家，在《灾难，德国戏剧的转折点》（»Katastrophe oder Wende des deutsche Theaters«）（杜塞尔多夫，1955）一文中反对了重新变宽的形式规范，他认为面对第二次世界大战的灾难，德国戏剧应该重归无政府主义的根源。
② 汉斯-格奥尔格·伽达默尔，《真理和方法，哲学阐释学的基础》（*Wahrheit und Methode. Grundzüge einer philosophischen Hermeneutik*），第二版，图宾根，1965 年，页 469—471。

在自己藏有的伽达默尔的书的标题页亲手写下这段话进行反击："并非伽达默尔所误读的历史侵入文学，也不是时事侵入到时代，而是时代侵入时事。标记：真相不久就会为自己复仇。"①

荣格尔所说的"旁枝意图"在施米特的各种论述中俯拾皆是。施米特不仅通过研究《哈姆雷特》讨论审美问题，还涉及对他来说非常重要的政治提问——政体的统一问题②，这关乎他在战后的自我理解问题，关乎他在此前十年中的所作所为。

卡尔·施米特的《哈姆雷特还是赫库芭》第六版根据作者的手稿进行了一些修正。手稿存于北威斯特法伦州州立档案馆的施米特遗物馆，编号 Abtlg. Rheinland，RW 265，Nr. 20299，Nr. 24327，Nr. 27611。不属于修改内容的作者批注式评语在再版时不予以考虑。

① 卡尔·施米特书稿，手稿编号：RW 265，Nr. 27612。
② 阿尔敏·亚当，《政治化的神话，卡尔·施米特的哈姆雷特研究》（Der polizierte Mythos. Carl Schmitts Hamlet Studie），载《艺术与社会》（*Kunst und Gesellschaft*），第 29 辑，1989 年 10 月 29 日，页 53—57。

人名索引

译后记

莎士比亚的德译者奥古斯特·施莱格尔（August Wilhelm Schlegel）称，莎士比亚对德国来说就如同一位在异乡出生的本国同胞。这句话并未言过其实。自莱辛（Gotthold Ephraim Lessing）以降，莎士比亚就确确实实在德国文化中扎了根，漂扬过海后成为德国文学史上一颗闪耀奇异光辉的孤星。

　　可以说，热衷文学的卡尔·施米特阅读莎士比亚是不言而喻的。但作为法学家的他开始研究莎士比亚，就不那么理所当然了。1952 年，施米特的独生女阿尼玛（Anima）正在海德堡大学翻译学院学习，并开始翻译英国文学史家丽莲·温斯坦利（Lilian Winstanley）一本名不见经传的著作——《哈姆雷特与苏格兰王位继承》（*Hamlet and the Scottish succession*）。同年，德译本以更危言耸听的标题——《哈姆雷特——玛丽·

斯图亚特之子》（*Hamlet，Sohn der Maria Stuart*），在奈斯克出版社出版。施米特不仅协助了女儿的翻译，还为德译本作序，并附文向德国读者推荐相关研究著作，介绍书中所引资料及该书的影响力，可见他围绕相关主题已进行了细致入微的研究。1952 年的序言成为施米特研究莎士比亚的开端，在随后几年里，他广泛阅读材料，并与各界莎士比亚专家通信交流，让自己在莎士比亚这个"无底洞"里获得了"十足的满足感"①。虽然《哈姆雷特还是赫库芭》的文本起源于他在杜塞尔多夫市民大学进行的一次讲座，但事实上这是他长期深入研究莎士比亚的成果。

温斯坦莉的书虽然的确侦查出《哈姆雷特》与时代历史间的不少隐秘关联，但在英国学术界几乎没有取得多少认可。施米特之所以肯定该书的独特成就，并将其作为《哈姆雷特还是赫库芭》的基础之一，主要是因为它超越了 19 世纪占主导地位的心理学、美学式主观性哈姆雷特研究，重新回归莎翁创作这部作品的历史现实中。可以看出，施米特的起点是论战式的，与他 1919 年出版的早期代表作《政治的浪漫派》

---

① 见 1956 年 2 月 13 日施米特致阿尔敏·莫勒的信，载《与一个学生的通信集》（*Carl Schmitt—Briefwechsel mit einem seiner Schüler*），页 214。

（*Politische Romantik*）一脉相承，直指浪漫主义的"审美膨胀"（die Expansion des Ästhetischen）。在施米特看来，这种"审美膨胀"极度提升了艺术的自我意识，使一切都成为审美感觉的对象，莎士比亚由此成为德国艺术哲学的终极典范。也难怪《哈姆雷特》在德国接受史中出现了越来越多的偏离①。

从论战式批判出发，施米特试图在《哈姆雷特还是赫库芭》中回归历史本身的纯度和尊严。但他没有像温斯坦莉那样拘泥于文学作品与历史现实的具体比照，而是志向远大地指向一个根本性问题——悲剧性的起源。"哈姆雷特还是赫库芭"这个别具匠心的标题②，事实上正是源自现实的"悲剧性"（das Tragische）与臆造和表演出的"悲伤"（die Tragik）之间的选择。这是一个非此即彼的选择，因为表演/游戏开始之时，正是悲剧性结束之处。施米特指出，莎士比亚之所以在

---

① 关于《哈姆雷特》在德国的接受史，可以参考拙文《莎士比亚，德国古典主义的第三位巨匠：哈姆雷特，拥有德意志灵魂的丹麦王子》，载：河南大学高等人文研究院《人文》第八辑。

② 在 1956 年 2 月 13 日致阿尔敏·莫勒的信中，施米特记录了他与出版商关于书名的争论：
　　"至于书名，我坚持要用《哈姆雷特还是赫库芭》，但出版商不愿意。原因是，如今在德国已经没有人知道赫库芭究竟是谁了（左侧添加：也或许因为今天的一切对他们来说都是赫库芭！）"见《与一个学生的通信集》，页 214。

第二幕第二场插入哈姆雷特质疑伶人的那段独白，正是要暗中提醒观众，倘若舞台上所发生的忧郁王子的故事与他们所处的现实毫无关联，那么他们所产生的共情，岂不就成了与为赫库芭而哭泣的演员的眼泪同样虚假的了吗？莎士比亚悲剧的核心是它的"不可表演性"，或者说"非游戏性"。

这里能看到施米特依据的另一个基础——瓦尔特·本雅明（Walter Benjamin）的《德意志悲悼剧的起源》（*Ursprung des deutschen Trauerspiels*）。不过施米特的巧妙之处在于，他并未从"悲剧"与"悲悼剧"的不同特征出发，而是直溯源头地探入"悲剧性的起源"问题。他没有对一系列通常被列为经典悲剧的作品进行批判性考察，而是以《哈姆雷特》为代表，在一部作品的框架内去探讨这个问题。因此也就可以有意识地将讨论限定在这部悲剧与具体的历史场景中，从而聚焦他所认定的最根本的东西。

施米特虽然否定了本雅明所说《哈姆雷特》中的基督教内涵，但他在探寻"悲剧性的起源"这一核心问题时，却仍让基督教的"奥义"成为阐释的关键词。在1916年对诗人多伯勒《北极光》的解读中，施米特强调"言"之奥义，在1956年的《哈姆雷特还是赫库芭》中，他又反复指出"独一无二的历史现实"之奥义。无论是前者还是后者，其根本出发点其实依旧是信仰启示。在他看来，诗人和剧作家虽然可以自由创作很多东西，但诗性的本质和悲剧的核心却属于"奥义"，无法任由艺术家摆布。面对"奥义"唯有谦卑，这在多伯勒身上体现为一种对上帝赋予的本原性语言的信仰，而在莎士比亚身上则成为一种对上帝临在其中的历史的信仰。

施米特的阐释为莎士比亚和哈姆雷特重新戴上了冠冕，然而这一次，夺目的光芒不再来自莎士比亚的个人天才，也不是哈姆雷特的个人英雄意志，而是他们如何甘愿成为永恒设计的一部分：莎士比亚知道复杂的时代历史的侵入会给作品带来阴影，却并不任意凭借所谓的"诗性自由"去抹去这些阴影；哈姆雷特知道对真相的挖掘必定伴随着毁灭，却仍然努力接近真相，也接受真相的终究不可企及。这种阐释的价值与意义对当代学术界依旧产生着深远的影响。

对于施米特研究而言，《哈姆雷特还是赫库芭》这本小书其实反映了施米特独特的历史哲学观。如果结合 1950 年的《基督教历史观的三种可能》（*Drei Möglichkeiten eines christlichen Geschichtsbildes*）一文，更能辨别其中浓厚的历史神学色彩。人作为有限的认识者，无法在思想上达到对历史的彻底理解并据此做出判断，只能完完全全融入历史进程中，以自己的方式给予回应：诗人用诗性之"言"构建与上帝之"道"间的桥梁，剧作家让历史现实闯入作品，使作品升华为神话，而公法学家则必须维护国家的绝对主权，在所处的具体政治环境中区分敌友、做出决断。

尽管这本小书展现了施米特高超的表述才能以及有别于一般法学家的宽阔视野，不过倘若我们将其放入他的整体创作大背景来看，或许会有另一个维度的发现，甚至可以回答我们最初的疑惑，这位 20 世纪最受争议的法学家为什么会对《哈姆雷特》产生兴趣。

了解施米特生平的读者或许知道，施米特 1933 加入纳粹党后马上开始身兼要职。但到了 1936 年，他突然被指是投机主义者，最终被剥夺党内职务，几乎一夜之间被拉下纳粹桂冠法学家的宝座。这段时间对于作为文学评论家的施米特来说是一个分水岭：在此之前，文学是他寻找思想立足点、进行自我定位的一个重要源头；在此之后，他就越来越多地试图在不同的文学作品中寻找自我影射，从 40 年代关注的梅尔维尔笔下的塞伦诺船长，到 50 年代关注莎士比亚笔下的哈姆雷特，以及不断出现在战后札记中的源自天主教诗人康拉德·魏斯的"基督教的厄庇米修斯"。这一系列犹豫不决、精神失落的文学形象，都在某个方面影射着他 1936 年后的无力感。然而这种文学式的反观却并不引向忏悔之路，而是试图证明当时所做的决断与其政治神学之间的内在一致性。施米特相信，自己通过在历史现实中做出的决断而与一切敌基督形象划清了界限，即使他的决断带来了灾难性后果，他也在一定程度上完成了担当"延迟者"的使命，而这就是作为法学家的他所无法回避的"天命"。文学成为一种陌生化手段，他一边从中寻找个人经历的回声，一边通过文学的镜子继续在战后小心翼翼地表明立场。这让我们在掩卷时，不得不喟然叹息。

《哈姆雷特还是赫库芭》首印于 1956 年，再版于施米特去世的 1985 年。本书译自克莱特-寇塔（Klett-Cotta）出版社 2017 年修订增补的第六版。为了让中文读者对施米特的莎士比亚研究有一个更全面的了解，我还译出了他在 1952 年为丽莲·温斯坦利《哈姆雷特与苏格兰王位继承》德译本所写的序言。在这些文字里，真知与谬解、深思与误读彼此纠缠、难解难分。如何在中国学术界的"施米特热潮"中客观清醒地看待这些文字，或许是摆放在每个拿到这本书的读者面前的一个课题。

姜林静

2022 年 2 月 26 日

于上海